미르난데의 전사들

미르난데의 전사들

조나단 장편소설

Warriors of the

Mir Nande

이지북
EZbook

차
례

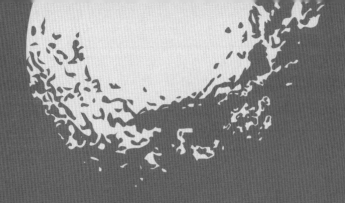

궤도에서

화성이 시냇물처럼 흐르고 있었다.

붉은 대지 위로 좁고 긴 바다가 보였다. 주변으로 초록 숲이 나뭇가지처럼 뻗어나갔고 그 위로 하얀 구름층이 옅게 퍼져 있었다. 우주정거장의 아크릴 전망창 너머로 보이는 화성은 정말로 살얼음 아래 흐르는 시냇물 같았다.

한나는 그런 화성이 어색했다. 두 눈으로 직접 보는 화성이 낯설었고 교과서에서 본 것처럼 죽은 행성이 아니라서 더 그랬다. 한나는 자신이 아주 낯선 곳에 와 있다는 걸 실감했다.

집을 떠나 여기까지 오는 과정도 낯선 경험이었다. 지구에서 왕복선을 탄 한나는 달 기지에 도착해 사흘 동안 머물렀다. 지하 100미터 아래에 있는 루나 호텔에서.

달 표면에 거대한 기지가 있었지만 그곳은 지구와 화성

과 소행성대에서 온 달 주재원들의 바쁜 일터였다. 관광객이나 경유하는 사람들은 보다 안전한 지하에 머물렀다. 지하 호텔에도 편의시설이 갖춰져 있지만 너무 좁았다.

한나는 친구들과 함께 하루에 한 번 허용되는 지표면 전망대에 올라갔다. 그곳에서 까만 하늘에 잠긴 지구와 달 표면의 장엄한 폐허를 구경했다. 폐허 위에는 개척 기지와 각종 연구 단지, 헬륨-3 광산, 우주 망원경이 있었다. 그 풍경은 한 장의 흑백사진 같았고 흑백 풍경 너머에 떠 있는 지구만이 푸르렀다.

넷째 날에 지구-화성 순환 우주선을 탔다. 승무원의 설명에 의하면 '새빨간 해마호'는 지구와 화성 사이의 자유 순환 궤도를 오가는 왕복 우주선이었다. 두 행성의 중력을 이용해 가장 가까운 경로를 오간다고 했다. 추진체의 발달과 순환 궤도 덕분에 화성까지는 한 달도 걸리지 않았다.

새빨간 해마호는 거대한 화물선이라 지구에서 화성으로 보내는 자원과 물자가 가득 실려 있었다. 승객은 한나 일행뿐이었다. 한나와 맨디, 도래솔 그리고 크랙 씨가 다였다.

한나는 화성으로 가는 시간이 좋았다. 처음 일주일 동안은 화성에 대해 배웠고 나머지 시간은 친구들과 함께 거대한 우주선 안을 돌아다니며 보냈다. 거주 구역이 회전하며 만들어내는 인공 중력도 멋졌지만 다른 구역의 무중력 체험은 더 근사했다.

무엇보다 한나를 끌어당긴 것은 공간 자체였다.

텅 빈 공간, 우주.

밤하늘로 보던 것과 달랐다. 사진이나 영상, 그 어떤 매체로 본 것과도 달랐다. 새빨간 해마호 전망대에서 승객용 망원경으로 본 토성과 목성은 경이로움 자체였다. 그 너머에 펼쳐진 별들과 성운. 텅 비었지만 너무나 꽉 차 있었다. 경이로운 깊이감.

한나는 무중력 전망대에서 부유하며 전망창 밖을 감상하고는 했다. 마치 우주 공간을 유영하는 기분이었고 우주의 일부가 된 것 같았다.

그리고 지금, 한나는 화성 궤도에 있었다.

화성우주정거장 MSS(Mars Space Station)는 컸다. 이곳은 행성계 여행을 위해 만들어진 진짜 우주정거장이었다. 크랙 씨는 MSS가 지구와의 왕래뿐 아니라 외행성계와 태양계 밖으로 나가기 위한 전초기지라고 했다.

화성은 또 다른 경이로움이어서 현혹되지 않도록 자신을 다잡아야 했다. 한나는 이곳에 온 이유를 되뇌었다.

윤슬의 죽음과 미르난데의 비밀.

그리고 가능하다면, 정말로 가능하다면······ 엄마 아빠를 찾기 위해.

그것들을 이룰 수 있을지는 알 수 없었다. 그래도 시도해볼 생각이었다. 한나는 그러리라 다짐했다.

벽 스피커에서 안내 방송이 흘러나왔다.

"이리스행 왕복선이 이십 분 후 출발합니다. 탑승객 여러분은 9번 게이트로 와주십시오. 다시 한번 알려드립니다, 이리스행 왕복선이······."

한나를 부르는 소리였다.

이리스

게이트 앞에 친구들이 기다리고 있었다. 주변에 왕복선 승무원과 MSS 내 우주인들이 보였다.

맨디가 한나를 보더니 손을 흔들었다. 맨디는 여기까지 오는 동안 고칼로리 우주식량을 너무 먹어 3킬로그램이나 살이 쪘다.

도래솔은 여전히 잔소리가 많았다.

"출발 시간인데 어딜 갔다 온 거야? 감독관님이 널 찾으러 갔어."

"미안, 전망대에서 화성을 보다 왔어."

"볼 게 뭐 있다고. 그냥 짝퉁 지구처럼 생겼더구먼."

도래솔이 말하자 맨디가 보탰다.

"그래, 이제 화성으로 내려갈 텐데 뭘 더 봐?"

"그러니까. 밑으로 내려가면 더는 볼 수 없잖아."

한나의 말에 맨디와 도래솔이 '그런가?' 하는 표정으로 서로를 보았다. 한나는 그런 친구들에게 웃으며 말했다.

"먼저 탈까? 아니면 감독관님 기다릴래?"

뒤에 서 있던 승무원이 말했다.

"먼저 탑승하는 게 좋아요."

승무원의 안내에 따라 아이들은 각자의 짐을 들고 게이트를 나갔다. 연결 통로를 지나면서 도킹되어 있는 왕복선을 볼 수 있었다. 지구에서 탔던 것보다 날렵하고 더 가벼워 보였다.

에어록을 통해 선실로 들어가니 아무도 없었다. 여기서도 승객은 한나와 친구들뿐이었다. 승무원이 아이들을 배려해 창가 자리를 배정해주었다. 얼마 후 크랙 씨가 탑승했고 왕복선은 우주정거장을 떠났다.

궤도로 진입한 왕복선은 목적지를 향해 화성을 반 바퀴 돌았다. 그러는 동안 한나는 화성을 더 자세히 볼 수 있었다. 거대한 붉은색을 바탕으로 파란색과 녹색이 무늬처럼 어우러져 있었다. 새빨간 해마호에서 들은 바에 의하면, 화성의 바다는 아득한 옛날 빙하가 흐르던 자리에 생겨난 거라고 했다. 그래서 좁고 긴 호수처럼 보였다. 그 가장자리에 생겨난 숲이 내륙을 향해 뻗어나가는 중이었다.

이제 대륙이 된 대지는 아직 대부분 붉었지만, 문명의 빛이 켜진 남반구 크레이터들 주변에도 숲이 펼쳐져 있었다. 숲은 시간이 흐를수록 자라날 것이고 북반구 용암 평원까지 뒤덮어 완전히 푸른 행성이 될 터였다.

한나는 다시금 화성이 경이로웠다. 도래솔이 유리창에 얼굴을 붙인 채 말했다.

"놀라워, 한 세기도 안 돼서 이렇게 바뀌다니."

"화성에 처음 온 사람들이 제일 먼저 하는 말이 그거란다."

크랙 씨가 말하자, 아이들이 돌아보았다.

"너희도 알겠지만 화성이 원래부터 이랬던 건 아니야."

크랙 씨가 설명했다.

"처음부터 화성 테라포밍이 성공할 거라고 믿은 사람은 많지 않았어. 밤이면 영하 100도까지 내려가는 기온에, 일 년에 몇 달씩 태양을 가리는 모래 폭풍에, 자기장도 없고 대기도 옅어서 방사선이 지표면까지 떨어졌지. 화성 개척은 지구의 신대륙이나 서부 개척과는 차원이 다른 험난한 개척기를 거쳤단다. 초기에는 이 년 주기 순환 근무를 하는 개척단이 화성 표면에 거주구와 연구시설을 건설했지만 지지부진할 수밖에 없었어. 그 기약 없음에 포기하자는 사

이리스 13

람도 많았지. 하지만 화성은 사람들을 유혹하는 매혹적인 개척지였기에, 21세기 중반부터 '마스 테라포밍 프로젝트'가 꾸준히 진행됐단다. 시행착오에도 불구하고 기어이 테라포밍에 성공했고 그렇게 또 한 번 인간이 승리한 거야."

맨디가 끼어들었다.

"그럼 테라포밍은 완전히 끝난 거예요? 사람들이 이제 화성에서 안전하게 살 수 있는 거냐고요."

"아직 완전히 끝난 건 아니란다. 화성 테라포밍은 현재 89퍼센트 진행됐어. 가장 큰 문제가 화성의 약한 자기장을 어떻게 복원시키느냐 하는 거야. 현재는 테라포밍으로 만들어진 대기 때문에 안전하지만 어쨌든 자기장은 근본적으로 해결해야 할 문제거든. 그래서 지금 화성 적도에 거대 초전도 코일 건설이 진행 중이란다. 인공 자기장을 만드는 거지. 앞으로 반세기 뒤면 정말 완벽한 제2의 지구가 될 거야."

크랙 씨는 자부심 가득한 얼굴로 웃었다.

"너희도 알다시피 화성은 이제 인류의 마지막 희망이자 새로운 낙원이란다."

설명을 들으면서 한나는 지구에 있는 사람들을 생각했다. 일 년에 한 장 주어지는 화성 이주권을 따려고 미르난데에 참가하는 1020 세대도.

한나가 말했다.

"화성에는 인구가 얼마나 돼요?"

"글쎄, 아마 일억 명이 조금 넘을걸? 왜 그러니?"

"그 정도면 지구 사람들이 더 와도 될 것 같아서요."

크랙 씨는 얼굴이 굳어지더니 말을 돌렸다. 화성 인구는 인공지능에 의해 체계적으로 관리된다면서, 지구인들이 생각하는 것보다 더 엄격한 이주 정책이 필요하다고 했다.

한나는 고개만 끄덕이고 더는 말하지 않았다. 그저 창밖의 풍경을 눈에 담았다.

이리스라는 도시에 도착한 것은 늦은 오후였다. 한나는 도시 외곽에 위치한 우주 공항에 왕복선이 역추진으로 착륙하는 걸 지켜보았다. 그곳에 착륙장 다섯 곳이 있었다. 착륙장은 서로 연결된 동그란 공간이었는데, 두 곳에 큰 왕복선이 서 있었다. 외형으로 보아 화물선인 듯했다.

착륙장과 떨어진 곳에 기다란 유선형의 관제 건물이 있었고, 그곳에서 일직선으로 뻗은 도로가 몇 킬로미터 밖까지 이어졌다. 그 끝에 도시의 불빛이 어둠 속에 깔아놓은 보석처럼 빛나고 있었다.

입행 절차를 밟은 한나와 아이들은 크랙 씨를 따라 자율 주행 버스를 탔다. 버스는 공항을 나가 길게 뻗은 도로를 달렸다.

한나는 설렘과 긴장이 뒤섞인 기분으로 창밖을 보았다. 차갑게 느껴지는 파란 하늘에 더 차가운 노을이 깔리는 중이었다. 도로 주변에 어둠이 깔리는 터라 제대로 된 풍경을 보지는 못했다.

달은 볼 수 있었는데, 낯선 달이었다. 지구의 달보다 삼분의 일 정도 작았고 감자처럼 찌그러진 모양이었다.

한나는 저게 데이모스일까 포보스일까 궁금했다. 미르난데의 서버는 데이모스에 있었다.

얼마 후 버스가 이리스에 들어왔고 모든 여행자와 시민을 환영한다는 안내 방송이 흘러나왔다.

도래솔이 말했다.

"도시 이름이 왜 이리스인 거예요?"

하품을 하던 크랙 씨가 말했다.

"내가 알기로 이리스는 최초 개척지 중 한 곳이었어. 그때는 마스4인가 5 그런 이름이었을 거야. 그곳에 도시가 생겨나면서 이리스라는 이름으로 바뀌었지."

맨디가 말했다.

"이리스가 무슨 뜻인데요?"

"그리스 여신의 이름이야. 신들의 전령사. 말하자면 이리스는 전령의 도시인 셈이지."

한나가 말했다.

"우리는 화성 정부가 있는 수도로 가는 줄 알았어요. 왜여기로 온 거예요?"

"이곳에 미르난데위원회가 있거든. 공식적으로 너희를 초청한 건 위원회라 이곳으로 온 거야."

"미르난데위원회가 여기 있다고요? 그럼 여기가 미르난데 본부인 거네요?"

도래솔이 관심을 보이자 크랙 씨가 웃으며 말했다.

"그렇다고 할 수 있지. 여기서 미르난데를 처음 개발했고 매년 새 시즌을 업데이트하거든. 이 도시에는 미르난데 기술자와 전문가, 관계자와 그 가족들이 살고 있어. 물론 다른 볼거리도 많지만, 이리스 하면 미르난데와 위원회를 떠올린단다."

미르난데가 탄생한 도시를 구경하려고 아이들은 다시 창밖을 살폈다. 하지만 버스가 지하도로로 진입하는 탓에 도시가 보이지 않았다.

아이들이 어리둥절해하자 크랙 씨가 말했다.

"이리스는 원래 지하 도시였단다. 지금은 지상에도 사람들이 살지만 초창기에는 용암 동굴에 터를 잡았어. 이후에 동굴이 도시로 자라났지."

"용암 동굴이라고요?"

"개척기에는 그게 최선이었단다. 그때는 대기가 없었으니까. 일상생활에 필요한 가압을 위해 지하를 정착지로 선택한 거야."

"동굴 속 도시라면 사람들이 닭장 같은 곳에 모여 살겠네요?"

도래솔의 말에 크랙 씨가 웃음을 터뜨렸다.

"화성의 용암 동굴은 너희가 생각하는 것보다 훨씬 크단다. 자, 이제 거의 다 왔어. 너희는 이리스에서 가장 유명한 호텔에 묵을 거고 내일 아침이면 창밖으로 멋진 풍경을 볼 수 있을 거야."

"풍경이요? 동굴 안에서 웬 풍경?"

크랙 씨가 짓궂게 말했다.

"내 장담하마. 분명 마음에 들걸?"

버스가 진입로로 나왔다. 좁은 도로가 왕복 6차선으로 넓어지더니 도시가 펼쳐졌다. 면적이 굉장히 넓었고 천장까지 100미터도 넘는 것 같았다. 용암이 만들어낸 기괴한 형태의 천장에 인공조명이 신비한 분위기를 펼쳐내고 있었다.

그 아래로 화려한 불빛이 건물을 밝히고 있었다. 동굴 벽에도 건물이 돌출되거나 박혀 있었다. 화성 지하의 용암 길을 따라 수십 킬로미터 뻗은 도시는 동화 속에 그려놓은 미래 세계 같았다.

버스는 자율주행차들이 달리는 도로를 따라가다 외벽에 지어진 호텔 앞에 도착했다. 입구 양쪽에 마르스 신이 조각된, 그리스 신전을 연상시키는 호텔이었다.

로비에는 미르난데 영상이 홀로그램으로 재생되고 있었다. 새매와 친구들의 하이라이트 영상이었고, 그 밑으로 "미르난데의 영웅 새매와 친구들을 환영합니다. 마르스 호텔"이라는 자막이 돌아갔다.

한나는 뜻밖의 환영에 부끄러워졌고 한 번 더 화성에 도착했다는 걸 실감했다. 이곳이 화성의 도시 이리스다.

친절한 직원들이 체크인 절차를 밟아주었고 아이들은 같은 층에 있는 객실로 안내되었다. 세련되면서도 따뜻한 분위기의 객실이었다.

크랙 씨가 말했다.

"화성의 호텔 서비스를 만끽하며 쉬고 있으렴. 한 시간

후에 데리러 올 테니."

"우리를 데리러 온다고요? 왜요?"

도래솔의 말에 크랙 씨는 씩 웃으며 말했다.

"너희를 위한 진짜 환영식이 있거든."

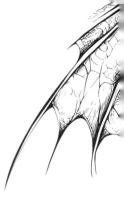

환영식

"우리 꼭 화성의 세 멍청이 같지 않냐?"

도래솔이 거울 앞에 서서 말했다. 옆에서 맨디가 투덜거렸다.

"맞아, 현실에서 누가 이런 걸 입는다고."

한나도 말은 안 했지만 거울에 비친 자신이 마음에 들지 않았다.

한 시간 후에 돌아온 크랙 씨가 아이들 의상을 가져왔는데, 화성의 유명 디자이너가 제작했다는 그 옷들은 미르난데 속 새매와 친구들을 모티브 삼은 것이었다. 마법사의 로브와 도둑의 옷을 현대적으로 재해석했다는데 왠지 촌스러워 보였다. 한나의 사냥꾼 의상도 마찬가지였다.

"꼭 어릿광대 같아."

아이들이 투덜댔지만 크랙 씨는 세련되고 멋진 옷이라

며 웃었다.

"중요한 건 사람들이 좋아할 거라는 거야. 다들 너희의 미르난데 속 모습을 보고 싶어 하거든."

한나는 공주 드레스가 아닌 것에 만족해야 했다.

아이들은 입이 나온 채 크랙 씨를 따라나섰다. 미르난데 위원회에서 보내준 차를 타고 지하 도시를 가로질러 지상 으로 올라갔다.

미르난데위원회는 지상에 있었다. 첨단 건물들이 줄지 어 서 있었는데, 그중에서도 위원회 건물이 가장 크고 웅장 했다. 건물 꼭대기를 딛고 선 용 모양 홀로그램 때문에 이 곳이 미르난데위원회라는 걸 알 수 있었다. 미르난데의 중 재자 미르는 날개를 펼치고 고개를 돌리며 도시를 굽어보 고 있었다.

환영식장에 들어섰을 때, 한나는 사람이 생각보다 많은 걸 보고 놀랐다. 족히 백 명은 넘어 보였다.

"여기 사람들도 미르난데를 알아요?"

한나가 묻자 크랙 씨가 웃었다.

"그럼. 지구뿐 아니라 화성에서도 미르난데는 최고의 엔 터테인먼트란다."

연회장 위로 "미르난데의 영웅, 새매와 친구들을 환영합

니다"라는 홀로그램 문구가 떠다녔고 카메라와 기자들이
대기하고 있었다. 사람들이 입장하는 아이들의 이름을 부
르며 환호했다. 우승자들을 초청한 미르난데위원회 간부
들, 초대 인사들 그리고 새매와 친구들을 보려고 온 화성의
시민들이었다.

크랙 씨가 사람들을 소개해주었다.

"이분은 미르난데위원회의 해밀턴 박 위원장님이시란
다."

해밀턴은 덩치가 큰 금발의 노신사였다. 그가 아이들과
일일이 악수하며 말했다.

"반가워요, 새매와 친구들. 가우리아 계곡에서 곤드레인
과의 마지막 대결은 정말 인상적이었어요. 내가 이제껏 본
미르난데 중 가장 혁명적이었고."

"감사합니다."

한나가 말하자 위원장이 말을 이었다.

"화성의 새로운 생활에 적응하길 바라요. 우리 위원회에
서도 최선을 다해 도울 테니……. 그래야 지구에서 온 어린
인재가 젊은 화성을 더 건설적으로 발전시킬 테니까."

아이들은 간부들과 함께 기념사진을 찍었다. 이어 다른
사람들이 차례로 다가와 환영의 말을 건넸다. 크랙 씨가 곁

에서 소개해주었는데 다들 화성의 고위 인사와 유명인이었다.

초대 인사들과의 시간이 지나자 시민들과의 만남이 이어졌다. 어린아이부터 또래 청소년, 청장년층까지 다양했다. 한나는 지구에서 경험이 있었기에 시민들과는 마음 편히 웃으며 대화할 수 있었다.

한나가 신기해했던 건, 새매와 친구들을 보러 온 사람 중에 과학자도 있었다는 거다. 크랙 씨의 소개로는 이름까지 기억할 수는 없었지만 생리학자와 뇌과학자였다. 그들은 아이들과 사진을 찍으면서 예상치 못한 질문을 했다. 미르난데에서의 몸 상태가 어땠는지, 기분이나 심리 상태가 어땠는지 하는 것들이었다. 한나는 과학자들이라 그런지 관심사가 특이하다고만 생각했다.

맨디와 도래솔이 또래 여자아이들과 웃고 떠들 때, 한나는 혼자 빠져나와 이름 모를 화성의 음료를 마시며 숨을 돌렸다. 즐거우면서도 피곤한 자리였다.

새빨간 해마호에서의 시간은 정말 조용했다. 한나는 우주에서의 시간에 젖어 있었는데, 화성에 도착하자마자 너무 많은 사람을 만났다. 만남은 즐겁지만 그만큼 지치기도 했다.

연회장에 모인 사람들을 둘러보다 한나는 누군가를 발견했다.

반대편 사람들 사이에서 한 남자가 한나를 주시하고 있었다. 턱시도 차림의 중년 남자였는데 낯이 익었다. 한나는 긴가민가하며 그쪽을 살피다 그와 눈이 마주쳤다.

심장이 빠르게 뛰었다.

한나는 자신이 잘못 본 게 아니기를 바라며 그쪽으로 걸어갔다. 그때 한 부인이 한나를 잡고 인사를 건넸다. 한나는 "고맙습니다, 잠시만요" 하며 뿌리치고는 다시 남자 쪽으로 향했다.

남자가 보이지 않았다. 당황한 한나는 주위를 살피며 남자를 찾았지만 어디에도 보이지 않았다. 한나는 어리둥절했고 이내 실망했다. 그러자 심장이 더 빠르게 뛰었다.

맨디와 도래솔이 한나에게 다가왔다.

"여기서 뭐 해?"

"사람들이 널 찾고 있어."

한나는 아무 말도 할 수 없었다. 도래솔이 그런 한나를 살폈다.

"왜 그래, 무슨 일 있어?"

"아니, 아는 사람을 본 것 같아서."

"웃긴다, 너? 여기 화성이야. 여기에 아는 사람이 누가 있다고."

친구들이 재미있다는 듯 웃었다. 한나가 떨리는 목소리로 중얼거렸다.

"우리 아빠."

만찬이 시작되고 한나와 친구들은 해밀턴 위원장, 초대 인사들이 있는 식탁에서 함께 식사했다. 다들 즐거운 분위기로 대화를 나누었다.

한나만 대화에 집중할 수 없었다.

틈틈이 주변을 훔쳐보며 아빠를 찾았지만 어디에도 보이지 않았다. 내가 잘못 본 걸까? 하지만 분명 아빠였는데.

아니, 다시 생각하니 잘못 본 게 맞다는 생각이 들었다. 아빠가 이곳에 있다면 자신을 몰라볼 리 없었다. 그렇게 눈이 마주치고도 그냥 떠났을 리가 없었다. 그래, 내가 잘못 본 거야.

한나는 내일부터 당장 엄마 아빠를 찾아봐야겠다고 생각했다. 이 도시에 미르난데위원회가 있다면, 여기에 미르난데 개발자들이 살고 있다면 엄마 아빠도 있을지 몰랐다.

"이것도 먹어보렴."

해밀턴 위원장이 아이들에게 과일 접시를 밀며 말했다.

"화성 재배에 성공한 포도란다. 사계절 수확이 가능하고, 당도가 지구의 것과는 차원이 다르지."

알이 자두만 한 포도는 정말 맛있었다. 아이들이 좋아하자 위원장이 뿌듯해하며 어떻게 유전자를 개량해 화성에 정착시켰는지 설명했다.

만찬 요리 중에는 화성 고유의 음식도 있었지만 대개 지구에서도 익숙한 요리였다. 한나도 본 적만 있지 먹어보지는 못한 비싸고 귀한 음식들. 위원장은 만찬 코스를 새매와 친구들을 위해 짰다고 했다.

"오늘의 주인공들이 향수병에 걸리지 않도록 특별히 지구 음식들로 차렸단다."

도래솔이 감사하다고 대답하면서 한나에게 몰래 속삭였다.

"내가 보기엔 자기들 향수를 달래려는 거 같아."

한나는 고개를 숙이고 웃었다. 그러면서 궁금해졌다. 이 음식들은 지구에서 온 걸까? 그렇다면 지구에서보다 훨씬 더 귀하고 비쌀 터였다.

오른쪽에서 식사하던 키 큰 남자가 냅킨으로 입을 닦으며 말했다.

"그거 아니? 나는 새매와 친구들을 응원했어."

그는 미르난데와 관련된 IT 기업의 젊은 대표였다. 한나가 감사하다고 하자 그가 자랑하듯 말했다.

"아, 물론 처음에는 너희를 잘 몰랐단다. 초반에는 데블 울브스가 강력한 우승 후보였으니까. 나는 배당률 때문에 너희를 응원한 거야. 너희가 아직 유명하지 않았을 때, 배당률이 최고였거든."

"배당률이요? 그게 무슨 말씀이세요?"

한나의 말에 해밀턴 위원장이 두 사람을 돌아보았다. 대표는 위원장과 눈이 마주치자 입을 다물었다.

한나는 더 묻지 않고 앞에 놓인 푸딩을 먹었다. 그러면서 대표의 말을 곱씹었다. 지구에서 사람들이 화성 이주권을 따려고 미르난데에서 경쟁하는 동안 화성인들은 참가자들을 지켜보며 베팅을 하는 모양이었다.

괜한 반발심이 일었다. 그리고 의심스러웠다. 그게 미르난데의 비밀인 걸까? 화성 정부는 그러려고 지구에 미르난데를 선물한 것일까? 화성인들의 즐거움을 위해서? 베팅 가능한 엔터테인먼트를 선사하려고?

설마.

해밀턴 위원장이 한나를 주시하더니 무대 쪽을 향해 손

짓했다. 그러자 웅장한 음악과 함께 무대에서 홀로그램 쇼가 펼쳐졌다. 새매와 친구들의 하이라이트 영상이었다.

영상이 끝나자 위원장이 자리에서 일어섰고, 어디선가 손바닥만 한 드론이 날아와 식탁 중앙에서 위원장 눈높이로 자리를 잡았다. 무대 화면에 그의 얼굴이 뜨는 걸 보니 카메라 드론이었다.

"오늘의 주인공들도 함께 일어나볼까?"

위원장의 말에 아이들이 어리둥절해하며 일어나자 화면에 네 사람의 얼굴이 떴다.

사람들의 시선이 집중되고 카메라의 마이크가 켜졌다. 해밀턴 위원장의 목소리가 장내에 울렸다.

"오늘 우리는 미르난데의 영웅들을 만났고 함께 즐거운 시간을 가졌습니다. 환영식을 더 이어가고 싶지만, 지구에서 7800만 킬로미터를 날아온 새매와 친구들을 이만 쉬게하는 게 좋을 것 같군요. 비록 오늘은 헤어지지만, 주말이면 미르난데에서 새매와 친구들을 다시 만날 수 있으니까요."

팡파르가 터져 나왔고 사람들이 환호했다.

한나는 이해 못 하고 친구들을 보았다. 맨디와 도래솔도 영문을 모르겠다는 표정이었다. 사람들이 화면에 뜬 아이들의 표정에 웃음을 터뜨리며 좋아했다.

위원장이 말했다.

"기분 나쁘게 생각하지 말아요. 영웅들의 당황하는 모습을 보며 즐기는 게 오늘 환영식에 모인 화성인들의 유쾌한 관행이니까."

"그게 무슨 말씀이세요? 미르난데에서 다시 만나다니."

한나가 묻자, 위원장은 주말에 미르난데가 시작될 거라고 했다. 도래솔과 맨디가 놀라 한마디씩 했다.

"미르난데가 다시 열린다고요?"

"우리가 또 미르난데에 들어간다는 거예요?"

놀라기는 한나도 마찬가지였다.

사람들이 다시 웃었고, 해밀턴 위원장이 설명했다.

"그렇게 놀랄 거 없어요, 화성의 미르난데는 특별전이니까. 우리 영웅들은 모르겠지만 지구의 미르난데 시즌 동안 화성 사람들도 새매와 친구들을 지켜보며 팬이 됐어요. 이 도시의 시민들은, 아니 화성의 모든 사람은 새매와 친구들이 다시 미르난데에 들어가길 바라고 있어요. 새매와 친구들이 활약하는 걸 가까운 곳에서 직접 보고 싶은 거예요."

위원장은 아이들 표정을 살피며 덧붙였다.

"아, 지구에서처럼 시즌을 치르는 건 아니에요. 특별전은 단 세 번의 세상이니까."

한나가 말했다.

"왜 세 번이나 들어가는 건데요?"

"화성의 미르난데에는 다른 참가자가 없으니까. 우승자들만 세 번의 세상에 들어가 미르난데가 펼치는 이야기와 미션을 뛰어넘어 어디까지 갈 수 있는지 보는 거예요. 한나양, 그렇게 난감한 표정 지을 필요 없어요. 이제껏 화성에 온 다른 우승자들도 다들 특별전에 참가했으니까."

그러나 한나는 난감했다. 도래솔이 물었다.

"특별전은 그러니까, 팬 서비스 같은 건가요?"

어떤 사람이 그렇다고 소리를 질렀고 다른 사람들이 환호와 박수로 호응했다.

해밀턴 위원장도 고개를 끄덕였다.

"우리 영웅 마법사의 말대로 일종의 팬 서비스라고 할 수 있어요. 그렇다고 만만하게 보지는 말아요. 화성의 미르난데는 지구와는 다를 테니까. 완전히 새로운 모험이 시작될 거예요. 그러니 우리 영웅들도 각오하는 게 좋을 거예요."

"문제없어요. 미르난데에 다시 들어갈 거라곤 예상 못했지만, 여러분을 위해서라면 할 수 있어요."

맨디가 말하자 도래솔이 덧붙였다.

"다른 경쟁자가 없다면 우리도 즐기면서 할 수 있을 것 같아요."

"그래요, 우리 영웅들이 미르난데를 즐기며 완주하기를
바라요."

해밀턴 위원장이 만족스레 웃으며 사람들에게 말했다.

"자, 여러분! 우리 미르난데의 영웅들이 마지막 며칠을
즐길 수 있도록 이만 새매와 친구들을 보내주는 게 어떨까
요?"

사람들이 다시 박수와 환호를 보냈다. 맨디와 도래솔이
두 손을 높이 흔들며 좋아했다. 박수와 환호는 오랫동안 계
속됐고, 그 속에서 한나는 왠지 모르게 불안해졌다.

마지막 며칠을 즐길 수 있도록. 그건 무슨 뜻일까?

화성의 아침

한나는 소리에 눈을 떴다.

처음 듣는 소리였고, 방 안이 점차 밝아지는 게 보였다.

놀라 일어나 앉으니 침실 창 커튼이 열리며 밖에서 들어오는 아침 햇살이 방 안에 퍼지고 있었다. 기상 시간에 맞춰 열리도록 세팅된 전동 커튼 소리였다.

잠이 덜 깬 상태로 한나는 뭔가 이상하다고 생각했다. 이리스는 지하 도시인데 어떻게 햇살이 들어오지?

침대에서 내려와 창가로 가 밖을 내다보았다.

베란다 아래로 분지가 펼쳐져 있었다. 굉장히 넓은 숲 주위로 완만한 절벽이 감싸고 있었다. 절벽은 수십 미터 높이여서, 마치 거대한 접시에 숲을 깔아놓은 것 같았다. 아침 햇살이 숲에 절벽의 그림자를 드리웠다.

대체 이게 뭐지? 지하 동굴 속에 어떻게 숲이 있고 아침

해가 뜨는 거지? 한나는 잠에서 완전히 깬 뒤에야 상황을 깨달았다.

크레이터였다.

마르스 호텔은 동굴 속 도시와 거대한 크레이터 경계면에 세워진 건물이었다. 호텔 입구를 지하 도시 쪽에 내고 창문을 크레이터 쪽에 내 경치를 보게 한 것이다. 다시 보니, 완만하게 경사진 다른 쪽 절벽과 달리 호텔은 일자로 깎아 외벽을 세운 게 보였다. 위아래 좌우로 다른 객실들 베란다가 나 있었다.

의외의 광경에 기분이 좋아진 한나는 한동안 크레이터를 감상했다. 어제 크랙 씨가 한 말이 생각났다. 아침이면 창밖으로 멋진 풍경을 볼 수 있을 거라던.

정말 멋진 광경이었다. 크레이터 절벽의 긴 그림자에 잠긴 숲은 한 번도 본 적 없는 풍경이었고 초현실적 그림 같았다. 화성의 크레이터라는 낯선 풍경화.

한나는 씻고 옷을 갈아입은 다음 식당으로 내려갔다. 맨디와 도래솔이 식사하고 있었다. 한나도 접시에 음식을 담아 친구들 식탁으로 갔다. 친구들 접시에는 음식이 잔뜩 담겨 있었다.

"어젯밤에 그렇게 먹고도 아침부터 그 많은 게 들어가

니?"

한나가 말하자 두 사람이 입안에 음식을 가득 넣은 채 씩 웃었다.

"이런 맛있는 음식은 먹을 수 있을 때 먹어둬야 해."

"그래, 이럴 때 아니면 언제 먹어보겠어?"

먹어보니 진짜로 맛있었다. 결국 한나도 한 접시 더 먹고 말았다.

아이들이 디저트로 화성에서 난 모과를 먹을 때, 크랙 씨가 커피 잔을 들고 와 곁에 앉았다.

"굿 모닝, 잘들 잤니?"

"여긴 어쩐 일이세요, 아침부터?"

한나가 묻자 크랙 씨가 말했다.

"너희가 화성 생활에 적응하도록 돕는 게 내 일이잖니."

크랙 씨는 자기도 이 호텔에 묵고 있다고 했다. 그의 객실은 아이들의 방 바로 아래층이었다.

감독관으로 지구에 파견된 크랙 씨는 아이들이 미르난데를 치르도록 감독했다. 자신이 담당한 도시에서 우승자가 나오면 해당 감독관이 멘토가 되어 우승자의 화성 생활 적응을 돕는 것까지가 임무였다. 크랙 씨는 미르난데 특별전이 끝날 때까지 함께할 거라고 했다.

식사를 마친 아이들은 크랙 씨를 따라 그의 방으로 올라 갔다. 거실 탁자에 뜯지 않은 작은 박스 세 개가 놓여 있었다. 크랙 씨가 어제 환영식이 끝나고 위원회에서 받아 온 거라며 뜯어보라고 했다.

아이들이 뜯어보니 핸드폰이었다.

"뭐예요, 이게?"

맨디가 묻자 크랙 씨가 아이들 앞에 앉으며 말했다.

"새 핸드폰이야. 너희도 이제 화성의 시민이 됐으니 기본 기기가 주어진 거야. 지구에서 쓰던 핸드폰은 이제 못 쓰거든."

도래솔의 눈이 커졌다.

"예? 우리 핸드폰을 못 쓴다고요?"

"화성은 지구와 통신 시스템이 다르거든. 더 빠르고 진보한 통신 기술을 쓰지."

크랙 씨의 말에 왠지 도래솔이 실망하는 것 같았다. 크랙 씨가 설명했다.

"화성의 도시들은 기본적으로 스마트 시티란다. 애초 그렇게 설계되고 건설됐어. 너희가 앞으로 여기서 살아가려면 이 핸드폰이 필수야. 화성에선 아이들이 다섯 살이 되면 기본 기기가 주어져. 그걸 다른 디바이스나 웨어러블 기기로 업그레이드하는 건 본인의 선택이지만 보통 이걸로 시작하지. 자, 같이 핸드폰을 개통해볼까?"

아이들은 크랙 씨의 설명대로 핸드폰을 등록했다. 사용법은 지구에서와 같았다. 아이들은 화성 생활에 필요한 기본 앱들을 깔고 설명을 들었다.

크랙 씨는 이후 일정도 알려주었다.

"여기로 오는 동안 너희는 이미 화성 시민으로 등록됐어. 너희 명의로 개설된 계좌에 우승 상금이 이체됐고 특별전이 끝나면 공공주택도 주어질 거야. 너희가 살고 싶은 도시에 말이야. 그동안 이 호텔에서 화성 생활에 적응하며 너희가 살고 싶은 곳을 골라보렴."

맨디가 물었다.

"지금 당장은 안 돼요?"

크랙 씨가 친절한 미소로 말했다.

"특별전이 끝날 때까지는 미르난데에 집중해야 하니까. 이틀 후 주말에 첫 번째 미르난데가 시작되니 삼 주가 채 안 되겠구나. 다들 너희가 미르난데에 전념하길 바라고 있어."

한나는 환영식에서 느낀 걸 말했다.

"어제 그렇게 많은 사람이 올 줄 몰랐어요. 그리고 다들 미르난데를 중요하게 생각한다는 느낌을 받았어요. 제가 제대로 본 건가요?"

크랙 씨가 말했다.

"지구인들이 미르난데 시즌을 기다리듯 여기 사람들도 미르난데 우승자가 펼치는 특별전을 기다린단다."

"미르난데가 정말 인기가 많은가 봐요?"

도래솔의 말에 크랙 씨가 고개를 끄덕였다.

"어제 해밀턴 위원장님도 말씀하셨지만 특별전은 지구의 미르난데와 다르단다. 경쟁자가 없는 세상이라 참가자들은 홀로 미션을 수행하며 단계를 뛰어넘어야 해. 조금 더 오묘하게 돌아간다고나 할까? 그건 참가자나 관객이 보기에 지구랑은 정말 많이 다른데, 그래서인지 지금까지 특별전을 완주한 참가자가 한 명도 없어."

맨디와 도래솔의 눈이 커졌다.

"예? 그게 정말이에요?"

"그 많은 우승자 중에 세 번의 미르난데를 완주한 사람이 단 한 명도 없다고요?"

크랙 씨의 표정이 진지해졌다.

"대다수가 첫 번째 세상에서 무너져. 간혹 두 번째 세상으로 진출하고 더 특별한 경우 최후의 세상까지 간 우승자도 있었지만 결국 다들 실패했어. 그래서 화성 사람들이 더 열광하는 건지도 몰라, 누가 특별전을 완주하는지 보고 싶으니까."

아이들은 서로를 바라보았다. 크랙 씨가 말을 이었다.

"어제 위원회분들과 이야기하며 들었는데, 다들 너희는 완주하지 않을까 기대한다더라. 너희의 우승이 그렇게 극적이었으니 기대하는 것도 당연하지."

"우리가 완주를 못 하면 어떻게 되는데요?"

한나의 말에 크랙 씨는 어깨를 으쓱하더니 말했다.

"어떻게 되긴, 이후에는 화성 시민이 되어 사는 거지. 미르난데는 말 그대로 특별전이고 이벤트니까."

한나는 괜히 긴장이 됐다. 다시 미르난데에 들어갈 줄 몰랐기에 아무리 특별전이라도 몸이 반응하는 건 어쩔 수 없었다. 맨디와 도래솔도 그런 것 같았다.

크랙 씨가 아이들 표정을 살피더니 분위기를 바꾸며 말했다.

"자, 화성에서의 첫날이 밝았다. 오늘 뭘 할지 계획들은 세웠겠지?"

이전 우승자들

아이들은 한나의 객실로 올라갔다. 크랙 씨가 아이들을 위한 행정 업무를 처리하려고 미르난데위원회로 출발한 뒤였다.

냉장고에서 음료를 하나씩 꺼내 든 아이들은 베란다로 나가 경치를 구경했다. 이제 완전히 떠오른 태양이 크레이터 숲에 또 다른 그림을 그리고 있었다.

도래솔이 말했다.

"너희는 오늘 뭐 할 거야?"

맨디가 말했다.

"아침도 먹었겠다, 나는 한숨 더 잘 거야. 어제 환영식에서 돌아와 새벽까지 텔레비전 보느라 잠을 설쳤어. 여기 신기한 채널이 엄청 많던데 너희는 안 봤어?"

"그런 소린 됐고, 한나 너는?"

한나는 계획이 있었다. 그중 하나를 말했다.

"나는 부모님을 찾아볼 거야."

맨디와 도래솔이 눈을 크게 떴다. 어떻게 찾을 거냐고 묻는 것 같았다. 한나는 어깨를 으쓱하며 말했다.

"글쎄, 인터넷부터 뒤져보려고. 여기는 인터넷이 지구보단 잘되겠지?"

"그렇겠지?"

도래솔이 말하자, 맨디가 뒤늦게 생각났단 듯이 말했다.

"그렇지, 나도 우리 형을 찾아야지! 일단 잠부터 한숨 자고."

한나가 웃으며 도래솔을 보았다. 도래솔이 말했다.

"나는 찾을 사람도 없으니 관광이나 하려고."

"관광?"

"응, 지하 도시를 돌아볼 거야. 적진에 들어왔으니 여기 이리스가 어떤 곳인지 둘러봐야지."

"적진이라니?"

한나가 묻자 맨디가 대신 말했다.

"얘 음모론자잖아. 게다가 화성 정부를 엄청 싫어해. 그런데도 화성에 와 화성 시민으로 살게 됐고."

도래솔이 말했다.

"이런 걸 아이러니라고 하나?"

한나와 맨디가 킥킥대며 웃었다.

셋은 한동안 더 수다를 떨다가 헤어졌다. 맨디는 자러 갔고 도래솔은 적진을 파악하러 호텔을 나갔다.

한나는 침대에서 핸드폰을 살폈다.

작고 가볍고 예쁜 핸드폰이었다. 한나는 한동안 크랙 씨가 깔아준 기본 앱들을 열어본 다음 인터넷에 접속했다. 혹시나 하는 마음으로 엄마 아빠의 이름을 검색해보았다. 모르는 사람들의 기사나 블로그, 홈페이지들이 있었지만 부모님에 대한 정보는 나오지 않았다.

다른 방법을 찾아야 했다. 크랙 씨에게 도움을 청할까?

크랙 씨는 분명 엄마와 아빠를 찾게 도와줄 것이다. 하지만 왠지 꺼려졌다. 소란 떨고 싶지 않았고, 무엇보다 엄마 아빠의 상황을 몰라서였다. 한나와 달리 부모님이 한나를 만나고 싶어 하지 않을 수도 있으니까. 그래서 두 분이 돌아오지 않은 거라면······. 그럼에도 두 분을 찾아야 하는 걸까?

생각이 거기까지 미치자 우울해졌다.

그때 노크 소리가 들렸다. 문을 열어보니 맨디가 서 있었다. 왠지 겁먹은 표정이었다.

한나가 무슨 일이냐고 묻자 맨디가 말했다.

"이상해."

"이상하다니, 뭐가?"

"형을 찾을 수가 없어."

한나는 맨디를 데리고 들어와 소파에 앉히고 차분히 말해보라고 했다.

친구들과 헤어지고 자기 방으로 돌아간 맨디는 한숨 자려고 했지만 잠이 오지 않았다고 했다. 해서 핸드폰으로 형을 검색해봤다는 것이다.

"파란 고래라는 이름이 검색이 안 돼."

"그럴 리가. 인터넷은 잘되던데?"

"검색은 잘돼. 형에 관한 기사가 없는 것도 아니야. 사 년 전 지구에서 우승해 이곳에 도착했다는 기사, 또 특별전에 참가했고 첫 번째 세상에서 실패했다는 기사는 있어. 그런데 그 이후로 형 이름이 어디에도 안 나와."

"그래? 그거 진짜 이상하다."

"더 이상한 건……."

맨디는 잠시 주저하다 말을 이었다.

"형이 이곳에 살고 있다면 내가 미르난데에서 우승해 화성에 왔다는 걸 알 거 아니야. 형도 뉴스를 봤을 텐데. 그럼 분명 형이 먼저 나를 찾았을 텐데…….”

맨디는 말끝을 흐렸다. 형에게 무슨 일이 생긴 건지 걱정하는 듯했다.

한나가 말했다.

“아직 뉴스를 못 보셨을 수도 있잖아. 바쁘거나 다른 사정이 있거나 해서.”

“그런 걸까?”

맨디가 한나를 보자 한나는 부러 고개를 크게 끄덕였다.

“우리 같이 찾아보자.”

둘은 각자의 핸드폰으로 검색을 시작했다.

한나는 미르난데를 검색해보았다. 어제 새매와 친구들 환영식 기사가 여럿 떴다. 주말부터 시작되는 특별전 기사도 많았다. 올해는 미르난데가 어떤 이야기를 펼쳐낼지, 새로운 영웅들이 어느 단계까지 진출할지 추측하는 기사들이었다. 지구에서 극적으로 우승한 새매와 친구들을 평가하는 기사도 있었다.

이번에는 검색 창에 파란 고래를 입력해보았다. 맨디의 말대로 특별전 참가 이후 기사를 찾을 수 없었다. 크랙 씨가 알려준 화성에서 가장 큰 SNS인 ‘마션톡’에도 검색해봤지만 파란 고래라는 이름은 뜨지 않았다. 블로그나 홈페이지 어디에도 없었다.

핸드폰을 보던 맨디가 말했다.

"이거 이상한 걸 넘어 수상할 지경인데?"

"수상하다니?"

"지금 보니 형뿐만이 아니야. 다른 우승자들도 특별전 이후로는 검색이 안 돼. 이 년 전 우승자 '고스트 버스터스' 팀도 없고 삼 년 전 우승자 '부치와 선댄스'도 없어. 부치와 선댄스 듀엣은 정말 유명한 사람들이었는데. 다들 특별전 이후의 기사를 찾을 수 없어."

"다른 이유가 있는 건 아닐까?"

"어떤 이유?"

한나는 이유를 생각해봤지만 짐작이 가지 않았다.

"감독관님 오시면 물어보자."

크랙 씨는 오후에 돌아왔다.

한나는 맨디와 함께 그의 방으로 찾아가 맨디의 형을 찾고 싶다고 했다. 크랙 씨는 무슨 말인지 이해하지 못하다가, 파란 고래가 맨디의 형이라는 말에 비로소 상황을 파악했다.

"파란 고래가 형이라. 내가 알아볼게."

그는 자신의 단말기로 어딘가에 접속했다. 한나가 슬쩍 보니 '미르난데 특별전 참가자 규정'이라는 글자가 보였다.

한동안 단말기를 살펴보던 크랙 씨가 말했다.

"형은 특별전이 끝난 후에나 찾아야 할 것 같구나."

"왜요?"

"특별전이 끝날 때까지 참가자는 이리스를 떠날 수 없고 외부 활동, 개인 활동을 최소화하며 컨디션을 유지해야 하거든."

"그런 법이 어디 있어요?"

맨디가 반발했다.

"지구에서 우린 그런 거 안 해도 잘했어요. 다들 알바하면서 참가했고, 그러고도 우승했다고요."

"특별전은 지구의 미르난데와 다르니까."

"특별전은 무슨, 그냥 팬 서비스라면서요!"

맨디의 목소리가 커지자 크랙 씨가 달래듯 말했다.

"화내지 말거라, 맨디. 대신 약속하마. 특별전이 끝나면 네 형을 찾도록 도와줄게. 형이 어디에 있든 조만간 다시 만날 거야."

맨디는 그제야 화를 삭이는 것 같았다. 입이 나왔지만 더는 따지지 않았다.

한나는 자신도 부모님을 찾을 수 있을지 물어볼까 하다가 다른 걸 물었다.

"왜 우승자들이 검색되지 않는 거예요?"

"그게 무슨 말이니?"

"맨디의 형뿐만 아니라 다른 우승자들도 특별전 이후 기사를 찾을 수 없어요."

크랙 씨는 잠시 말없이 한나를 보다가 미소를 지었다.

"화성에선 사생활이 아주 중요하단다. 개인정보가 인공지능에 의해 관리되기 때문에 그렇지. 공공정보와 개인정보가 뒤섞여 오남용될 수 있어서 본인들이 원하지 않는 이상 사생활 공개를 엄격하게 관리해. 나도 잘은 모르겠지만, 분명 다들 어느 도시에선가 자신들이 원하는 삶을 살고 있을 거야."

한나는 정보가 넘쳐나는 인터넷에서 개인의 흔적을 찾을 수 없다는 게 왠지 이상했다. 그것을 물어보려는데, 맨디가 먼저 말했다.

"진짜로 특별전이 끝나면 형을 찾게 도와주실 거죠?"

"그럼. 안 그럴 이유가 없잖니, 형도 너를 만나면 분명 기뻐할 텐데. 내 약속하마."

맨디는 그제야 안도하는 것 같았다.

한나는 그런 맨디를 보며 궁금한 걸 묻지 않았다. 괜히 친구를 걱정시키고 싶지 않아서였다.

재회

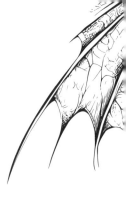

한나는 다음 날 아침 일찍 일어났다.

맨디와 도래솔이 아직 자고 있을 것 같아서 간단히 씻고 옷을 입은 다음 아침 식사를 하러 내려갔다. 식당으로 들어가다 보니 안쪽에 크랙 씨가 식사하는 게 보였다. 한나는 어떻게 할까 하다가 호텔 밖으로 나갔다.

호텔 앞 대로를 따라가다 푸드 트럭을 발견했다. 그 앞에서 사람들이 샌드위치를 먹고 있었다. 화성의 샌드위치가 궁금해진 한나는 푸드 트럭에서 아침을 먹었다. 화성산 채소와 고래 배양육을 넣은 샌드위치는 꽤 맛있었다. 지구에도 배양육이 있었지만 고래 고기는 처음이었다.

아침을 해결한 한나는 계속 길을 따라 걸었다. 혼자만의 시간이 필요해서였다. 화성에 와 보고 들은 것들에 대해 생각할 시간이.

어제 크랙 씨를 찾아갔을 때, 한나는 그가 읽던 문서를 보았다. 미르난데 특별전 참가자 규정. 어제는 무심히 지나 쳤지만 뒤늦게 생각하니 이상했다.

특별전은 팬 서비스 차원인데 왜 그런 규정이 필요한 걸 까? 게다가 규정에 따르면 특별전 참가자는 이리스를 나갈 수 없고 개인 활동도 제한된다. 팬 서비스치고는 너무 엄격 했다.

혹시 미르난데의 비밀과 관계가 있는 건 아닐까?

그 비밀이란 대체 뭘까?

환영식에 온 사람들의 반응을 보면, 겉으로 보기에 미르 난데는 그저 인기 좋은 엔터테인먼트였다. 화성의 부자들 이 미르난데에 베팅을 하는 것 같지만 그게 미르난데의 비 밀은 아닐 터였다.

그 정도 비밀 때문에 윤슬이 죽지는 않았을 것이다.

그럼 비밀은 어떤 것일까. 그걸 알려면 어떻게 해야 하 는 걸까. 어제 크랙 씨를 만난 뒤로 한나는 계속 그 문제를 생각했지만 어떻게 해야 할지 알 수 없었다.

한나는 뒤늦게 자신이 미르난데에 대해 아는 게 없다는 생각이 들었다. 지구에서 한나는 윤슬과 맨디와 도래솔에 게 의지했고 수동적으로 미르난데에 들어갔다. 윤슬이 죽기 전까지, 눈앞의 세상만 보고 미션에 임했을 뿐이었다.

도래솔과 맨디에게 도와달라고 해볼까? 그 애들은 한나보다 미르난데에 대해 많이 알았고 비밀을 캐려면 어디서부터 시작해야 할지 알 것이다.

한나는 이내 그 생각을 접었다. 미르난데의 비밀이 정말 존재한다면 그건 위험한 것일 터였다. 윤슬이 죽을 만큼. 맨디와 도래솔까지 위험에 빠지게 할 수는 없었다.

한나는 이제라도 미르난데에 대해 알아봐야겠다고 생각했다. 혼자서 단서를 찾아낸다면 그때는 친구들에게 말할 수 있을 것이다. 그때 도움을 청해도 늦지 않을 거야.

문득 돌아보니 호텔이 보이지 않았다. 너무 멀리 온 걸까? 핸드폰의 지도 앱을 열어보니 마르스 호텔은 여덟 블록 떨어져 있었다.

이제 돌아갈까 하다가 주위를 둘러보았다. 생각에 빠져 걷느라 보지 못했던 도시가 눈에 들어왔다.

한나는 지하 도시 한복판에 서 있었다. 오전의 백색광은 활동일 주기*에 맞춘 것 같았다. 낯설면서도 묘한 안도감

---

* 생명체의 생화학적, 생리학적 또는 행동학적 흐름이 24시간의 주기로 나타나는 현상.

이 느껴지는 거리였다. 도로의 자율주행차들은 조용했고 세련된 복장의 사람들은 활기차 보였다. 이 화성의 지하 도시는, 21세기 중반에 멈춰버린 지구의 도시들이 계속 성장했다면 보여주었을 궁극의 모습을 하고 있었다.

거리를 살피던 한나는 이상한 걸 발견했다. 전동 휠과 스케이트보드를 타는 사람들이 있었는데, 어떤 것들은 혼자 움직이고 있었다. 그것들을 관찰한 한나는 개인용 자율주행 모빌리티라는 걸 깨달았다. 사람들이 이용을 끝내자 자율적으로 가까운 거점으로 돌아가는 거였다.

크랙 씨가 알려준 것을 기억한 한나는 핸드폰에서 모빌리티 앱을 열었다. 스케이트보드를 선택하자, 저쪽에서 이동하던 보드 하나가 한나 쪽으로 다가왔다. 핸드폰에 '공공 스케이트보드를 이용하시겠습니까?'라는 메시지가 떴다.

한나는 이용 버튼을 클릭하고 스케이트보드를 탔다. 조종은 어렵지 않았다. 자이로 센서가 수평을 유지했기에 몸의 중심을 이동하기만 하면 됐다.

스케이트보드가 앞으로 나아갔다.

"하, 이거 재미있는데?"

감탄을 터뜨린 한나는 도시를 한 바퀴 돌아보기로 했다. 어제 호텔을 나갔다 온 도래솔이 자랑한 게 생각나서였다.

이리스가 정말 끝내주는 스마트 시티라는 것이다.

한나는 얼마나 대단한지 직접 보려고 도로를 달렸다.

도시 안쪽 깊숙이 들어온 한나는 호텔 쪽과 다른 분위기를 눈치챘다. 건물들이 오래되고 어두웠다. 아예 불이 꺼진 건물도 있었고 곳곳에 스프레이로 낙서가 되어 있었다. 거리의 사람들은 대개 노약자였고 생기가 없었다.

한나는 이질적인 느낌이 들었다. 인터넷을 검색해보고서야 그 이유를 알게 됐다.

여기는 오피둠이라는 이리스의 올드 타운이었다. 개척 초기에 만들어진 거주 구역이었고 화성 개척 붐을 따라 지구에서 온 노동자들이 살던 동네였다. 이후 동굴이 도시로 자라나고 부유한 이들이 이주해 오면서 빈민가로 남은 동네였다. 지금은 초기 개척민의 후손과 도시 중심에서 밀려난 사람들이 살았다.

한나는 윤슬의 아지트에서 친구들과 나눈 대화를 기억했다. 그때 도래솔이 말했다. 화성에는 가난도 불평등도 없다고. 모두가 인공지능에 의해 관리되는 첨단 사회라고.

한나가 보기에 화성도 지구와 다르지 않았다.

인공지능이 관리하는 공동체라도 사람들의 삶은 똑같

왔다. 미래 도시의 안락한 삶을 누리는 사람들이 있으면 소외된 삶은 사는 사람들도 있었다. 아무리 화성이라도 빈부의 차는 존재했고, 부유한 사람들 뒤편에는 그들이 하지 않는 궂은일을 하며 살아가는 사람들이 있었다.

이곳은 화성의 젠트리피케이션이었고 이리스의 그림자였다.

한나는 브리지 공원이라는 곳에서 이동을 멈췄다. 모빌리티 앱을 종료하자 스케이트보드가 자기가 가야 할 곳으로 달려갔다.

핸드폰 지도를 확인하니, 여기는 호텔이 있는 중심가와 오피둠 올드 타운 경계의 근린공원이었다. 자연광 없이 자라는 유전자 개량 나무가 심어져 있었고 벤치마다 키가 큰 화성 사람들이 담소를 나누고 있었다.

한나는 한쪽 벤치에 앉아 쉬었다. 시간을 확인하니 점심때가 다 되어가고 있었다. 이제 돌아가야 할 시간이었다. 때마침 맨디에게서 전화가 왔다. 호텔에서 한나가 보이지 않자 전화한 것이다.

아니나 다를까 맨디는 어디 있냐고, 한참 찾았다고 잔소리를 해댔다. 한나가 웃으며 말했다.

"이리스를 관광하고 있었어. 이제 호텔로 돌아가려고."

그러다 놀라 입을 다물었다. 다리 건너편 벤치에 앉은 남자와 눈이 마주쳐서였다.

한나는 그를 알아보았다. 환영식에서 눈이 마주쳤던, 그러나 다가가자 사라졌던 중년 남자. 의상과 헤어스타일이 바뀌었지만 분명 아빠였다.

한나는 벤치에서 벌떡 일어났다. 그러나 주문에 걸린 듯 그대로 몸이 굳어버렸다.

아빠가 손가락을 입에 댔기 때문이다.

한나는 아빠의 행동이 무슨 의미인지 몰라 속으로 되뇌었다. 저건 무슨 뜻이지? 조용히 하라고? 아니면 아빠를 모르는 척하라고? 대체 왜……. 뒤늦게 어떤 의미인지 이해했다. 저건 신호였다.

맨디의 목소리가 들려왔다.

"지금 온다고? 그럼 기다릴게, 점심 같이 먹자."

"아, 아니야."

한나는 혼란스러운 가운데 말했다.

"너희끼리 먹어. 나는 좀 더 둘러보다 들어갈게."

"그럴래? 그럼 마저 관광 잘해. 좋은 곳 발견하면 추천해주고."

한나는 전화를 끊고 다시 아빠를 살폈다. 아빠는 벤치에서 일어나 한나에게 시선을 주고는 공원 밖으로 나갔다. 저것 역시 신호였다.

한나는 거리를 두고 아빠를 따라갔다. 공원 밖으로 나간 아빠는 대로를 따라가며 누군가에게 전화를 걸었다. 한나는 재빨리 핸드폰을 확인했지만 벨 소리는 울리지 않았다. 그제야 아빠가 한나의 새 전화번호를 알 리 없다는 생각이 들었다.

아빠는 버스 정류소에서 자율주행 버스를 탔다. 한나도 쫓아가 올라탔다. 아빠가 뒤쪽에 앉는 걸 보고 옆에 가 앉을까 하다가, 다가가지 않고 앞쪽 자리에 앉았다. 창 쪽으로 등받이가 난 긴 좌석이라 아빠의 얼굴을 볼 수 있었다. 아빠가 작게 고개를 끄덕였다. 잘했다고 하는 듯했다.

그제야 아빠의 의도를 짐작할 수 있었다. 아빠는 한나와 만나는 걸 다른 사람들에게 보이고 싶지 않은 것이다. 그래서 남몰래 쫓아오라고 한 거였다.

한나는 다시 혼란스러웠다.

온갖 추측이 맴돌았다. 사람들 몰래 신호를 보낸다는 건 아빠가 한나를 만나면 안 된다는 뜻일 거다. 무슨 죄라도 지으신 걸까? 공개적으로 딸을 만날 수 없어서, 이렇게 은

밀히 찾아와 신호를 보내는 걸까?

그렇게 생각하니 설명이 됐다. 아빠에게 어떤 문제가 생겨서, 이를테면 지금 쫓기는 몸이라 지구에 돌아오지 못한 것일 수 있었다. 여기서는 어떻게든 숨어 지내도 화성 밖으로 나갈 수는 없었을 테니까. 그러다 한나가 화성에 왔다는 소식을 듣고 위험을 무릅쓰고 찾아온 것 아닐까. 그렇게 생각하니 모든 게 맞아떨어졌다.

한나는 아빠가 지금 어떤 상황이든 상관없었다. 아빠는 한나를 버린 게 아니었다. 사정이 있어서 지구로 돌아오지 못한 것뿐이었다. 한나는 감정이 격해지려는 걸 참았다.

버스는 지하도로로 들어가 환승 센터에서 내렸다. 터널이 여덟 개나 연결되어 있었고 버스를 타고 내리는 사람들이 많았다.

버스에서 내린 아빠는 통로를 걸어갔다. 모퉁이를 돌 때마다 한나가 따라오는지 돌아보았다. 한나는 사람들 사이에서 아빠를 놓치지 않으려고 애를 썼다. 커다란 입구가 나타났고 밖에는 숲이 있었다. 그 주위를 완만한 경사의 절벽이 에워싸고 있는 게 보였다.

크레이터 분지였다. 호텔 창밖으로 보던 풍경 속에 도착한 것이다. 마르스 호텔을 찾아보았지만 보이지 않았다. 숲

반대편인 듯했다. 한나는 아빠를 찾아 주위를 둘러보다가 저쪽에 걸어가는 아빠를 발견해 뒤쫓아갔다.

아빠는 숲속으로 들어갔다. 나무 주변에 사람들이 쉬고 있는 걸 보니 여기는 이리스 시민을 위한 공원인 듯했다. 아빠는 사람들이 더는 들어가지 않는 깊은 곳까지 들어갔다.

그곳에 정자가 있었다. 정자에 한 여자가 앉아 있어 한나는 우뚝 멈춰 섰다. 심장이 빠르게 뛰고 다리가 덜덜 떨렸다. 한 발자국이라도 움직였다가는 울음이 터질 것 같았다.

여자가 아빠를 보더니 자리에서 일어나 길을 살폈다. 한나를 발견하고는 소리쳤다.

"한나야!"

엄마가 다가와 껴안자 한나는 기어이 울음을 터뜨렸다.

경고

"미르난데에서 널 지켜봤어."

아빠가 말했다.

한나는 그제야 울음을 그치고 반가운 마음으로 엄마와 아빠의 얼굴을 찬찬히 들여다보았다.

"저를 지켜봤다고요?"

"그래, 우리는 미르난데의 프로그래머거든."

윤슬의 추측이 맞았다. 부모님은 한나가 어렸을 때 화성에 와 미르난데 프로그래머로 일하고 있었던 것이다.

엄마가 말했다.

"시작 마을에서 너를 처음 발견하고 깜짝 놀랐어, 새매 캐릭터가 우리 딸과 너무 닮아서. 하지만 확신할 수는 없었어. 우리가 아는 건 네 아이디와 미르난데 속 얼굴뿐이니까. 그래서 너희 팀이 여명의 사냥꾼들과 만났을 때를 지켜봤어."

아빠가 말했다.

"그들은 작년에도 야바위를 자주 쓰던 사람들이었어. 그가 야바위를 쓸 때 반응하는 걸 보면 새매가 우리 딸인지 확신할 수 있을 것 같았거든."

한나는 아빠에게 야바위 기술을 배웠고 그 덕에 사냥꾼의 아이템을 얻을 수 있었다.

엄마가 다시 말했다.

"새매가 너인 줄 알고는 계속 지켜봤단다. 그리운 마음에, 응원하는 심정으로……. 엄마는 보르헤아 왕국을 담당했는데, 보헤안 여왕의 외모에 내 얼굴을 넣기도 했어."

한나는 보헤안 여왕을 만났을 때를 떠올렸다. 그때 한나는 여왕의 미소에 이유 모를 친밀감을 느꼈었다. 이제 보니 그건 엄마의 미소였고 딸과 조금이라도 교감하려는 엄마의 손길이었다.

"그러다 너와 네 친구들이 우승 후보가 되면서부터는 걱정이 됐어."

엄마는 한나의 손을 잡더니 말했다.

"미르난데에는 왜 들어온 거니, 대체 왜."

엄마의 목소리에는 걱정이 배어 있었다. 한나는 변명하

듯 말했다.

"할머니가 아프셔서 어쩔 수 없었어요. 미르난데 우승 상금이 필요했어요."

한나는 지구에서의 상황과 할머니의 사정을 털어놓았다. 그러다 두 분이 걱정하실 것 같아 할머니는 이제 괜찮다고, 약을 구해드렸고 치매는 완쾌됐다고 말했다.

아빠는 죄책감 때문인지 고개를 돌렸다. 대신 엄마가 말했다.

"미안해, 한나야. 우리 때문에 네가 고생이 많았구나."

"그런 건 상관없어요. 하지만 지금 이게 무슨 상황인지 알고 싶어요."

한나는 궁금한 것들을 물었다. 왜 두 분이 화성에 있는지, 왜 집에 돌아오지 않았는지. 그리고 왜 이렇게 몰래 만나야 하는지.

엄마와 아빠가 설명했다.

젊은 시절 프로그래머였던 부모님은 반화성 단체에 몸담았었다고 했다. 특히 아빠는 미르난데에 침투해 소스 코드를 확인하려는 초기 해커 집단의 일원이었고, 미르난데의 가장 깊은 곳까지 들어갔던 해커였다. 비록 실패했지만, 오히려 그 때문에 미르난데위원회의 눈에 띄었다.

미르난데가 업그레이드될 때 위원회로부터 초청을 받은 것이다.

"그들은 우리뿐 아니라 다른 프로그래머들, 그래픽 디자이너, 음악가, 엔지니어들을 화성으로 불러들였어. 처음에 우린 너와 어머니 때문에 초대에 응해야 할지 고민했지만, 결국 화성에 가기로 했어. 프로그래머로서 미르난데의 내부를 들여다보고 싶었거든."

그런데 화성에 온 뒤 상황이 바뀌었다. 미르난데위원회는 호의적이었지만 엄마와 아빠는 그들이 뭔가 감추고 있다는 걸 눈치챘다. 계약 기간이 끝나 지구로 돌아가려 했지만 위원회에 의해 귀행이 거부됐고 급기야 화성을 떠나는 게 금지되었다고 했다.

"우리는 공식적으로 널 만나면 안 돼."

엄마가 말했다.

"위원회는 네가 우리 딸이라는 걸 알고 있고, 특별전 규정에 따라 미르난데가 끝날 때까진 너를 만날 수 없다고 해. 내부자인 우리가 너의 미션 수행에 영향을 끼칠 수 있다는 이유로."

부모님은 그런 규정에 반발했다. 아빠는 억지로라도 딸을 만나려고 환영식에 갔었다고 했다. 그러나 위원회 사람들 눈에 띄어 강제로 쫓겨나야만 했다.

위원회는 경고했지만 엄마 아빠는 어떻게든 딸을 만날 방법을 찾았다. 아빠는 매일 호텔 앞에서 지켜보았고, 기어이 오늘 아침 한나가 호텔을 나오자 뒤따라갔던 것이다.

"제 친구 맨디한테도 그랬어요, 특별전이 끝날 때까지 형을 찾아선 안 된다고요."

한나는 엄마의 말을 다시 생각하다가 말했다.

"이해가 안 돼요. 여기는 화성이잖아요. 지구에서 들었어요, 화성은 모든 게 자유로운 첨단 사회라고……. 그런데 어떻게 그런 일이 강제로 벌어질 수 있죠?"

"네 말이 맞아. 화성은 인공지능으로 관리되는 모든 게 풍요롭고 자유로운 행성이야. 하지만 그런 환경 때문에 사람들의 인식이 오히려 제한되고 위축되고 편협해지기도 해."

한나가 이해하지 못하자 엄마가 말을 이었다.

"네 말대로 대다수 화성인들은 인공지능과 첨단 기술의 관리하에 안락한 삶을 살아. 하지만 우리는 알게 됐단다, 화성의 도시가 인공지능에 의해 '통제되는' 사회라는 걸. 사람들은 자기 의지로 사는 것 같지만 실은 화성 정부가 원하는 방향으로 살아가고 있어. 정부 의지에 반하지 않는 사람들은 '편의 제공'이라는 일상적 관리를 받고 저항하는 이들은 그들의 정보를 바탕으로, 적극적으로 관리되는 거야. 그건 지구의 독재나 전체주의의 변형 또는 진화라고 할 수 있는데, 그 교묘한 통제가 가능한 건 강인공지능 때문이야. 인공지능이 사람들의 데이터를 관리하면서, 자신들이 제시한 방향과 어긋난 행동을 하는 사람들에게 개입하고 제재하는 거지."

엄마는 아빠를 돌아보았다. 아빠가 이어서 말했다.

"지금의 화성은 지구 사람들이 생각하는 인류의 낙원이 아니야. 우리가 이곳에 와 알게 된 건데, 화성이 돌변한 건 화성 정부가 독립을 선언한 뒤부터라고 해. 그게 화성 내 권력 다툼이나 정치 문제 때문은 아니야. 뭔지 모르지만 화성 정부는 어떤 계획을 꾸미고 있고 그것을 위해 일관되게 움직이고 있어. 그 중심에 미르난데가 있고."

"그건 또 무슨 말이에요?"

"표면적으로 미르난데는 화성 정부가 지구에 준 선물이야. 확실히 미르난데는 지구와 화성 사람들이 열광하는 엔터테인먼트 역할을 하고 있어. 하지만 미르난데 내부에 있는 우리는 알아. 미르난데가 단순한 엔터테인먼트가 아니라는 걸. 화성에는 미르난데를 위한 특별법이 제정되어 있어. 그건 공개도 안 되고 극소수만 열람할 수 있어. 그 법에 의하면 미르난데 제작 인력은 극히 제한적이고 부분적인 역할만 수행할 수 있어."

"그건 말이 안 되잖아요."

한나가 말했다.

"두 분은 프로그래머라면서요. 그럼 미르난데를 전체적으로 봐야 하는 거 아니에요?"

"초기에 미르난데를 만든 프로그래머들은 그랬겠지만 지금은 안 그래. 미르난데가 자신의 세상을 만들지. 그건 미르난데가 강인공지능이기 때문에 가능한데, 우리는 미르난데가 짜놓은 알고리즘에 따라 부분적 세계에만 관여할 수 있어. 작은 오류와 버그를 수정하는 정도지."

한나는 불현듯 두려운 생각이 들었다.

"미르난데가 스스로 생각해서 미르난데 세상과 스토리와 미션을 짠다고요?"

"스스로 생각한다는 말은 정확한 표현이 아니야."

아빠가 말했다.

"사람들이 보기엔 미르난데가 스스로 생각하고 판단하는 것처럼 보이겠지만, 미르난데는 기존의 알고리즘에 의해 그리고 축적된 데이터와 딥 러닝을 통해 자신의 알고리즘을 짤 뿐이야."

한나는 비로소 실마리를 찾은 것 같았다.

"그러면 미르난데가 제 친구를 죽일 수도 있는 건가요?"

엄마 아빠가 서로를 바라보았다. 두 분도 윤슬의 죽음을 알고 있는 게 분명했다.

"말해주세요. 저는 제 친구가 죽는 걸 눈앞에서 봤고 그 이유를 알려고 화성에 온 거예요."

아빠가 엄마에게 고개를 끄덕였고, 엄마가 조심스럽게 말했다.

"그 일은 미르난데가 방어 체계를 작동시켰던 거라고 우리는 의심하고 있어."

"방어 체계요?"

"너도 알겠지만, 미르난데는 참가자의 행동에 반응하며 이야기를 전개하도록 알고리즘이 짜여 있어. 지구의 전 세계 참가자들 행동에 일일이 반응하려면 그보다 더 방대한 이야기의 가짓수를 갖고 있어야 해. 미르난데는 당연히 참가자들 패턴을 예측하고 반응하도록 설계되어 있고. 그런데 그날 섀도는 미르난데의 예측을 벗어난 행동을 했어. 검은 성에 소스 코드를 얹어놓으려 한 거잖아. 그건 참가자의 일반적 행동이 아니었고, 미르난데는 그걸 해킹으로 감지하고 반응했던 거야."

아빠가 이어서 말했다.

"그건 진행 중인 이야기의 흐름을 끊지 않으면서 해커의 공격을 물리치는 방어 시스템 중 하나야. 결국 네 친구가 미르난데를 상대로 섣부른 행동을 했던 거야."

한나는 할 말을 잃었다. 윤슬이 자신의 잘못으로 죽은 거라고? 미르난데는 단지 해킹에 방어했을 뿐이고?

한나는 인정할 수 없었다.

"사람이 죽었어요. 내 친구가 죽었다고요!"

"알아, 한나야. 우리도 네 마음 알아."

엄마가 다시 한나의 손을 잡고 말했다.

"그것 때문에 우리도 미르난데를 의심하고 있어. 아니, 미르난데는 인공지능일 뿐이니 미르난데위원회를 의심하는 거지. 참가자와 관객에게는 그것이 미르난데 속 상황처럼 보였겠지만 우리는 그게 사고라는 걸 알아. 그래서 위원회에 미르난데를 수정하겠다고 건의했었어. 미르난데 전체 소스 코드와 알고리즘을 들여다보고 다시는 참가자와 해커를 구분하지 못하는 사고를 막으려고 말이야. 하지만 알 수 없는 이유로 시스템 접근이 거부됐어."

한나는 혼란스러웠다. 그럼 윤슬은 혼자 잘못해 죽은 게 아닌 건가? 미르난데에 정말 어떤 비밀이 있는 걸까?

아빠가 말했다.

"그래서 우리는 더더욱 너를 만나야만 했어. 너한테 경고해야 했거든."

"경고요?"

한나의 눈이 커졌다. 아빠가 심각한 목소리로 말했다.

"한나야, 아빠 말 잘 들어. 너는 미르난데 특별전에 들어가선 안 돼."

한나는 어리둥절해 말했다.

"그게 무슨 말이에요? 해밀턴 위원장은 특별전이 그냥 화성인들을 위한 팬 서비스라고 했어요."

아빠가 말했다.

"화성 사람들이 너희를 보고 싶어 하는 건 맞아. 하지만 아까도 말했듯 화성 정부는 뭔가를 꾸미고 있고 그 중심에 미르난데위원회가 있어. 미르난데는 그들의 계획을 실행하는 도구고. 그러니 너는 거기에 들어가선 안 돼, 절대로."

아빠는 흥분한 것 같았다. 한나는 영문 모르고 부모님을 보기만 했다.

엄마가 말했다.

"특별전을 치른 이전 우승자들의 행방이 묘연해."

"네? 그건 또 무슨 말이에요?"

"네가 미르난데에서 우승했을 때, 우리는 너를 만난다는 사실에 반가우면서도 걱정이 됐어. 이전에 우승자들을 찾았었는데 한 사람도 만나지 못했거든. 특별전을 치른 후 그들이 어떻게 됐는지 아는 사람이 아무도 없어. 말 그대로 흔적도 없이 사라진 거야."

한나는 잠시 숨을 멈췄다. 엄마의 말을 이해할 수 없어서였다.

엄마가 떨리는 목소리로 덧붙였다.

"우리가 걱정하는 게 그거란다. 네가, 우리 딸이 사라지게 될까 봐."

아레나

한나는 밤늦게 호텔로 돌아왔다. 친구들이나 크랙 씨와 마주치고 싶지 않았고, 그들을 만났을 때 어떤 표정을 지어야 할지 몰라서였다.

게다가 부모님의 경고를 생각해야 했다. 두 분은 특별전에 참가하지 말라고 했다. 아프거나 거부하거나 어떤 핑계를 대서라도, 미르난데에 들어가지 말라고 했다. 한나는 뭐라고 말해야 할지 몰라서 생각해보겠다고만 하고 부모님과 헤어졌다.

저녁 내내 전동 휠을 타고 지하 도시를 돌아다녔다. 모르는 곳을 무작정 돌며 부모님과의 대화를 되뇌었다. 생각은 정리되지 않았고 혼란만 가중됐다.

분명한 건, 미르난데에 비밀이 있다는 거였다.

생각해보면 수상한 게 많았다. 환영식에서 해밀턴 위원

70

장은 마지막 며칠을 즐기라고 했다. 그건 무슨 뜻이었을까. 부모님의 경고와 관계가 있는 게 아닐까? 또 특별전이 끝나면 정말 자신과 친구들이 어디론가 끌려가게 되는 걸까. 있을 수 없는 일 같지만, 수용소 같은 곳으로?

한나는 혼란을 넘어 두려움을 느꼈다. 미르난데는 이제 단순한 가상현실의 세상이 아니었다. 화성 정부의 의도가 담긴 완전히 다른 무언가였다.

한나는 베란다로 나가 크레이터 분지를 내려다보았다. 낮에 부모님을 만난 곳이 어디쯤인지 찾아보았지만 어둠에 잠긴 숲은 위치를 가늠할 수 없었다.

이제 어떻게 하지? 부모님 말대로 특별전에 참가하지 말아야 할까? 그러면 어디론가 끌려가지 않고 두 분과 함께 살 수 있는 걸까?

정적 속에서 한나는 칠흑 같은 숲을 내려다보며 자신이 화성에 온 이유를 되뇌었다. 윤슬의 죽음.

그리고 미르난데의 비밀.

특별전에 참가하지 않으면 더는 미르난데에 접근하지 못한다. 그러면 윤슬의 죽음에 얽힌 진실도, 미르난데의 비밀도 알지 못할 것이다. 그건 싫었다. 윤슬의 죽음이 의미 없이 묻힐 거라 생각하니 속상하고 슬펐다.

막막하게 펼쳐진 검은 숲을 바라보며 한나는 마음을 정했다. 부딪쳐보기로. 미르난데에 들어가기로.

특별전은 내일이었다.

미르난데위원회에서 보내준 리무진이 도착했다.

한나는 친구들과 크랙 씨와 함께 차를 타고 아레나로 향했다. 미르난데로 들어가는 경기장. 지구에서는 콜로세움으로 불렸지만 이곳에서는 아레나로 부른다고 했다.

지하 도시를 가로질러 지상으로 나가면서 크랙 씨가 특별전에 대해 알려주었다. 화성의 미르난데도 이야기가 펼쳐지는 동안 어떤 상황과 미션이 주어질지 몰랐다. 참가자 스스로 이야기를 파악하고 미션을 찾아 해결해야 한다.

지구에서와 다른 점은 매년 주제가 주어진다는 것이었다. 미르난데가 임의의 주제어를 제시하고 그 주제에 걸맞은 이야기가 펼쳐진다는 것이다. 크랙 씨는 이제껏 같은 주제어가 나온 적이 한 번도 없었다고 했다.

맨디와 도래솔이 신기한 듯 질문을 해댔다. 둘은 확실히 특별전을 즐기는 것 같았다. 한나는 창밖을 보며 세 사람의 대화를 듣기만 했다.

어느새 미르난데위원회에 도착했다. 건물 앞에 사람들

이 모여 있었고 일행이 탄 차를 향해 새매와 친구들을 연호했다. 맨디와 도래솔이 창밖으로 손을 흔들어주었다.

크랙 씨가 한나의 표정을 살피더니 말했다.

"왜 그러니, 무슨 일 있니?"

한나가 말했다.

"아뇨, 그냥 긴장돼서요."

"그래도 사람들이 저렇게 새매를 찾는데, 손이라도 흔들어주는 게 좋지 않을까?"

한나는 대꾸하지 않고 창밖을 외면했다.

무장한 경비들이 일행을 건물 지하층으로 안내했다.

복도 곳곳에 달린 모니터에 아레나 내부가 보였다. 긴 타원형 무대 주변을 관중석이 에워싼 형태였다. 입장한 사람들이 자리를 잡거나 담소를 나누고 있었다.

도래솔이 모니터를 지나치며 말했다.

"저기가 아레나예요?"

"지구의 콜로세움과는 많이 다르지? 미르난데를 위한 전용 아레나란다. 너희는 저 무대 위에서 미르난데로 들어갈 거야."

크랙 씨가 말하자 맨디가 돌아보았다.

"각자 플레이 룸에서 들어가는 게 아니고요?"

"너희는 저 무대 위에서 미르난데로 들어가고 관객들은 너희를 앞에서 직관한단다. 사람들 손에 들린 스마트 고글 보이지? 저걸 쓰고 너희가 보고 듣고 느끼는 걸 함께 경험하는 거야. 지구에서 모니터로 보는 것과는 차원이 다르지."

한나는 모니터 속 관객들을 보았다. 모두 화려한 의상을 입고 즐거워 보였다. 화성 사람들도 미르난데를 하나의 축제로 여기는 듯했다.

대기실에 도착한 아이들은 몸 상태를 점검받았다. 의료진이 꼼꼼하게 체크하고 기록했다. 한나는 의아했다. 지구에서는 이런 과정이 없었는데. 팬 서비스라던 특별전을 위해 너무 많은 걸 신경 쓰고 있었다.

신체검사를 마친 아이들은 나노 슈트로 갈아입었다. 그러는 동안 모니터의 무대 위에서는 사회자가 등장해 분위기를 띄우고 있었다.

사회자가 말했다.

"모두가 목격한 대로! 새매와 친구들은 아주 영리한 방법으로 미르난데에서 우승했습니다. 이번에도 그럴까요? 이제까지 한 번도 깨진 적 없는 특별전 세 번의 세상을! 과

연 새매와 친구들은 끝까지 완주할 수 있을까요?"

엔지니어가 움직여보라고 했다. 아이들이 팔다리를 움직였다. 지구에서 입던 나노 슈트보다 가벼운 느낌이었고 착용감도 더 좋았다. 업그레이드된 느낌이랄까. 아이들 신체에 꼭 맞게 제작된 듯했다.

한나가 고개를 끄덕이자 엔지니어가 아이들을 가운데 단 위에 세웠다. 바닥에 위치가 표시되어 있었다. 한나의 양쪽에 맨디와 도래솔이 5미터 간격으로 나란히 섰다.

모니터 속 사회자가 말했다.

"자, 그럼 우리의 영웅들이 들어갈 세상에 대해 알아볼까요?"

무대 위에 홀로그램 아이콘들이 연속적으로 나타났다가 사라졌다. 다양한 아이콘에 단어들이 새겨져 있었다.

곁에서 크랙 씨가 말했다.

"저것들은 지난 미르난데의 주제어들이란다. 그 밑의 숫자들 보이지? 영웅들이 탈락한 단계들이야."

숫자는 대부분 '1/3'이나 '2/3'였다. 첫 번째나 두 번째 세상에서 끝났다는 뜻이었다. 크랙 씨가 아이들과 눈을 마주치며 말했다.

"자, 준비하렴. 주제어 선정이 끝나는 대로 너희가 입장

할 거야."

허공에서 빠르게 명멸하던 아이콘들이 불꽃 터지듯 사라지면서 커다란 아이콘 하나만 남았다. 그 위에 '전령'이라는 글자가 화려하게 새겨졌다.

한나는 크랙 씨를 돌아보았다.

"저게 뭐예요?"

"너희가 들어갈 세상이야. 전령의 세계라, 이거 기대되는걸?"

무대 위 사회자가 말했다.

"미르난데가 올해는 전령을 제시했군요! 이곳은 과연 어떤 세상일까요? 우리의 새매와 친구들은 전령의 세계에서 어떤 이야기를 만나고 어떤 모험을 펼칠까요? 그럼 지금부터 새매와 친구들이 전령의 세계로 들어가겠습니다!"

관객들이 환호했고, 크랙 씨가 긴장된 목소리로 말했다.

"이제 시작이야. 입장!"

엔지니어가 계기판을 조작했고, 아이들이 선 단이 위로 움직이기 시작했다. 천장이 열리며 올라가자 무대 위였다. 대기실이 아래나 무대 아래에 있었던 것이다.

무대를 밝힌 조명이 어두워졌다. 한나는 무대를 둘러싼 사람들을 볼 수 있었다. 박수를 치거나 휘파람을 부는 이도 있었지만 대부분 고글을 쓰고 아이들에게 집중했다.

천장에서 전갈이 내려왔다. 신체 제어기. 지구에서와 달리 화성의 신체 제어기는 스스로 움직여 아이들의 허리와 양팔, 두 다리에 연결되었다.

한나는 등이 찌릿한 걸 느꼈다. 미르의 눈물이 투여된 것이다. 그러는 동안 조명이 완전히 어두워졌다.

어둠 속에서 위압감이 느껴지는 종소리가 세 번 울렸다. 이어 목소리가 들려왔다.

— 세상 모든 이야기의 세계, 미르난데에 온 걸 환영합니다.

남자도 여자도 아닌 중성의 기계음이었다.

— 지금부터 영웅들은 전령의 세계로 들어갑니다.

종소리만큼이나 위압적인 목소리.

— 자신의 용기를 믿으세요. 함께하는 친구들을 믿으세요. 그리고 영웅들을 안내하는 미르난데를 믿으세요.

한나는 최면을 거는 것 같다고 생각했다. 미르난데를 믿으라고? 나는 그 미르난데의 비밀을 알려고 여기까지 왔는데……. 한나는 지구에서처럼 자신을 다잡고 심호흡했다. 그러면서 미르난데의 비밀을 알려면 직접 부딪쳐보는 수밖에 없다고 생각했다.

이제 정말, 그러는 수밖에 없었다.

슈트의 목 접합부에서 안면부가 자라나 얼굴과 머리를 덮었다. 한나는 익숙한 어둠으로 들어갔다.

첫 번째 전령

들어왔다, 다시.

나는 낯선 대지 위에 서 있다.

지구의 미르난데에서 떠버리와 눈 덮인 산을 올라갔을 때, 나는 미르난데가 화성의 풍광을 모사한 게 아닐까 추측했었다. 그때는 긴가민가했는데 지금은 확실히 알겠다. 이곳은 화성을 염두에 두고 만들어진 세계다. 대지는 붉고 하늘에는 하나의 태양과 두 개의 달이 떠 있다.

지구에서와 다르다는 걸 몸으로 느낀다. 물론 지구에서도 처음 미르난데에 들어갔을 때 낯설었다. 그러나 이곳에는 그때와 다른 뭔가가 있다. 조금 더 가벼운 공기, 더 차가운 태양. 분명 이곳은 화성의 미르난데다.

이제 나는 당황하지 않는다. 이곳이 어떤 세상이든 나는 이야기의 세계에 들어와 있다. 이 안에서 나는 내가 해야 할 일을 할 것이다.

미르난데의 미션에 임하고, 나만의 미션을 찾을 것이다.

낯선 세상을 둘러본다. 오른쪽 멀리 빽빽한 숲과 거대한 산이 보인다. 그 너머에, 다른 뭔가가 있다.

구름인지 안개인지 모를 실루엣이 펼쳐져 있는데 그 속에 뭔가가 솟아나 있다. 가는 선 하나가 하늘을 향해 직선으로 뻗어 있다. 여기서도 보이는 걸 보면 아주 거대한 탑 같다. 그러나 실체가 무엇인지는 알 수 없다.

주변에는 아무도 없다. 나 혼자뿐이다.

당연하다. 지구에서는 수많은 참가자가 시작 도시를 향해 달려갔지만 여기는 다른 참가자가 없다. 이 세상의 참가자는 우리 셋뿐이다. 맨디와 도래솔은 어디 있는 걸까? 시작 도시는 어디일까 생각하다가 문득 궁금해진다. 내 본령은 그대로인 걸까?

그대로다. 나는 본령을 드러내 날아오른다.

숲을 향해 날아간다. 숲 위를 가로지르며 시작 도시를 찾는다. 분명 이곳에도 시작 장소가 있을 것이고 그곳에 가면 친구들을 만날 수 있을 터다.

여기는 숲도 낯설다. 곧은 침엽수로 빽빽한데 크기가 다 똑같다. 마치 거대한 묘목 가위로 쳐내 크기를 맞춰놓은 것 같다. 한참을 날아가도 숲뿐이고 시작 도시 같은 건 보이지 않는다. 아니, 뭔가 보인다. 숲 지평선 끝에서 뭔가가 올라온다. 연기다.

나는 그곳을 향해 날갯짓한다.

도시가 아닌 마을이다. 이상하게 생긴 마을. 처음 보는 기묘한 형태의 집들이 모여 있다. 낯설면서도 평화로운 분위기를 자아낸다.

맨디와 도래솔을 찾지만 보이지 않는다. 심지어 마을 사람들도 없다. 텅 빈 마을 같다.

어느 집을 지나면서 테라스에 의자 두 개가 쓰러져 있는 걸 본다. 협탁에는 유리 찻잔이 놓여 있는데 김이 피어오른다. 남은 온기. 방금까지 있던 사람들이 내가 나타나자 후다닥 숨은 것 같다.

다각형의 문을 열고 들어가볼까 하다가 일단 마을을 한 바퀴 돌아보기로 한다.

길을 따라 걸어가다 뭔가 발견한다. 정원이 딸린 저택의 고풍스러운 담 위에 웅크린 것이다. 붉은 털을 가진 그것은 앞발에 머리를 묻고 꼬리를 흔들고 있다.

인기척을 느낀 그것이 고개를 들어 나를 본다. 눈이 상당히 크다. 고양이인가 싶지만 토끼 귀를 가졌다. 내가 다가가자 그것이 담에서 폴짝 뛰어내린다. 고양이처럼 등을 곧추세우고 네발로 착지하더니 이내 일어선다.

사람처럼 서서 나를 빤히 본다.

나 역시 동물인지 사람인지 알 수 없는 그것을 살핀다. 고양이 눈에 토끼 귀를 가진 작은 사람. 사람이긴 한 건가?

어쩌면 미르난데가 상상해낸 새로운 종족인 걸까? 나는 말을 걸어본다.

"귀엽게 생겼구나. 너는 이름이 뭐니?"

"귀엽게 생겼구나, 너는 이름이 뭐니?"

말을 한다. 그것도 내 말을 따라 한다.

"뭐니, 너는? 사람인 거니?"

"뭐니, 너는? 사람인 거니?"

"허."

"허."

나는 입을 다물고 상대를 다시 살핀다. 저것의 정체가 뭘까 생각하다가 모르는 척 걸어간다. 그러자 그것이 나를 따라온다.

나는 빠른 걸음으로 도망친다. 그것이 몸을 숙여 네발로 뛰어 쫓아온다.

내가 걸음을 늦춰 천천히 걷자 그것이 일어나 두 발로 따라온다.

기어이 나는 걸음을 멈추고 그것을 직시하며 말한다.

"너는 전령이구나?"

그것이 큰 눈을 더 크게 뜨더니 말한다.

"와, 어떻게 알았어?"

먹혔다. 나는 씩 웃고는 짓궂게 말한다.

"와, 어떻게 알았어?"

그것이 놀란 표정으로 말한다.

"뭐야, 지금 나를 따라 하는 거야?"

"뭐야, 지금 나를 따라 하는 거야?"

그것도 더는 말하지 않고 나를 살피더니, 갸르르 소리를 내며 웃는다.

"말해줘, 날 보자마자 내가 전령인 걸 어떻게 안 거야?"

명랑하지만 진지한 눈빛이다. 나도 진지하게 말한다.

"내가 말해주면 너도 날 도와줄 거지? 네가 전령이 맞다면."

"맞아, 그리고 약속."

"여기에는 다른 참가자가 없으니까, 이곳에는 나와 친구들 세 명뿐인 걸 아니까."

"아니, 그걸로 내가 전령인 걸 어떻게 안 건데?"

"얘, 난 미르난데 우승자야."

이제까지의 경험으로 나는 미르난데가 이야기와 인물을 허투루 만들지 않는다는 걸 안다. 처음 보는 이 사람인지 동물인지 모를 존재가 내게 반응을 보인다면, 그에게도 역할이 있는 게 분명하다.

그리고 이곳은 전령의 세계다.

"전설이 틀리지 않았어!"

그것이 감탄하듯 말한다.

"역시 창백한 푸른 세계에서 온 이다워."

"자, 이제 너에 대해 말해줘."

"나는 킬이야."

"좋아, 킬. 너는 정체가 뭐야?"

"네 말대로 나는 전령이지."

"아니, 그런 거 말고 다른 건 없어?"

"나는 내 주인으로부터 임무를 받았어. 전설이 맞다면 우리 세상에 어떤 이가 올 거니, 그를 맞이하고 안내하라고."

"네 주인은 지금 어디에 있는데?"

"전쟁터에 있지. 내 주인뿐 아니라 여기 사람들 모두 전쟁터에 있어."

나는 조금 전에 본 것을 떠올리고는 말한다.

"그럼 정말 이 마을에는 아무도 없는 거야? 조금 전까지 사람이 있던 것처럼 보였는데."

"그건 네가 찰나를 본 거야. 전쟁이 터지기 전의 순간을."

나는 킬의 말을 생각하다가 최대한 정보를 얻기로 한다.

"여기는 어떤 곳이야?"

"여기는 스르암(Sram)이야. 창백한 푸른 세상 옆에 있는 따뜻한 붉은 세상이지."

"네가 말한 전설은 뭐야?"

"너희 세계와 우리의 세상은 연결되어 있어. 아주 오래 전부터. 너희 세계에 시련이나 큰 변화가 생기면 우리가 너희 세계에 들어가. 우리에게 같은 일이 생기면 너희도 그랬고. 그래서 이 세상에는 전설이 생겨났어. 우리에게 대변혁이 일어나면 창백한 파란 세계에서 누군가가 올 거라고. 지금 우리는 큰 전쟁 중이고 너희 세계에서 누군가 오길 기다리고 있어."

여기는 지구의 미르난데와 연결된 세상인 걸까? 내가, 아니 우리가 이 세상을 구해야 하는 것일까?

"내가 그 사람이라는 거야?"

"흐음, 그거야 아직 모르지?"

킬이 나를 훑어보더니 큰 눈을 깜박거리며 말한다.

"나는 명령대로 그 누군가가 오기를 기다리는 중이야. 137년 동안. 뭐, 몇 번은 자신이 영웅이라고 자처하는 이들이 있기는 했어. 하지만 그들은 영웅이 아니었고 우리 세계에 아무런 영향도 끼치지 못했어."

상황을 알 것 같다. 나는 전쟁 중인 어떤 세상에 들어온 거다. 이곳에서 새로운 영웅이 되어야 하는 것이다.

"그렇구나, 그럼 여기 사람들에 대해서 말해줄래?"

"스르암인들은 모두 선량하고 멋져. 그건 믿어도 돼. 하지만 더 멋진 건 스르암인들이 아주 지적인 사람들이라는 거야."

"그 말은 못 믿겠는데?"

나는 킬의 말을 의심한다.

"선량하고 지적인 사람들이 전쟁을 한다고?"

"스르암인이 시작한 전쟁이 아니야. '그들'이 시작한 전쟁이지."

"그들은 또 누군데?"

그들이란 곤드레인 같은 존재인 걸까?

킬이 말한다.

"그들은 먼 과거에서 왔고 머나먼 미래에서 왔어. 그들은 우리 내면 깊은 곳에서 왔고 우리의 외부 세계에서 왔어. 또 그들은 형체가 없고 동시에 여럿이야. 정말 대단하지 않아?"

"그게 무슨 말이야? 그러니까 그들이 악당인 거야?"

"악당? 나쁜 자들이냐고? 그거야 알 수 없지. 우리가 나쁜 쪽이고 그들이 악당을 물리치러 온 건지도."

"무슨 말이 그래?"

킬의 모호한 대답에는 어떤 의도가 있는 것 같다. 나는 더 캐묻는다.

"알겠어, 그럼 내가 그들을 찾아 물리쳐야 하는 거지?"

"너는 편견과 선입견으로 똘똘 뭉친 아이구나?"

킬이 까르륵 웃는다.

"아니면 그것들로 가득한 세상에서 왔거나."

"그건 또 무슨 말이야?"

"네가 뭔데 세상을 구한다는 거야?"

나는 괜히 부끄러워진다. 하지만 지지 않으려고 말한다.

"네가 아까 여기는 전쟁 중이라며. 그럼 당연히 적을 물리치고 사람들을 구해야 하는 거잖아."

"전쟁은 수단이고 과정이야. 그보다 중요한 건 그것으로 인해 우리가 어떻게 변화하느냐지. 나아가느냐, 퇴보하느냐."

이 세상의 미션은 전쟁에서의 승리가 아니라 다른 종류의 것일까? 나는 속으로 되뇐다. 잊지 마, 미르난데는 예측 못 할 방식으로 이야기를 펼친다는 걸.

킬이 나를 비웃듯 말한다.

"네가 정말 우리 세상을 구할 수 있다고 생각하는 거야?"

"내 말은 그런 뜻이 아니라……."

"너희 세계에서 온 다른 이들도 그렇게 말했어. 자기가 영웅이고 위기에 빠진 이곳을 구할 거라고. 그런데 세상을 구한다는 의미는 또 뭐야?"

나는 킬의 말을 이해하려 애쓴다. 그러나 그러지 못하고 말한다.

"그럼 내가 어떻게 해야 해?"

"나는 전령이야, 네가 뭘 할지는 네가 결정해야지."

다시 생각. 이 작은 전령 앞에서는 말조심해야겠다. 나는 기가 죽어 말한다.

"그럼 내 친구들 찾는 걸 도와줄래?"

세 명의 킬

킬이 나를 마을 밖으로 안내한다.

마을 입구에 자갈길이 나 있고 길은 멀리 언덕 쪽으로 이어져 있다. 자갈길은 언덕 아래에서 끊긴다. 여기까지가 마을의 경계인 듯하다.

나는 언덕길을 올라가며 말한다.

"네가 말한 '그들'은 어디에 있는 거야?"

"전쟁터에 있지."

"거기가 어딘데?"

"그곳에 가고 싶은 거야?"

"당연한 거 아냐? 난 이곳에 온 이유가 있어."

나는 적을 확인하고 미션을 깨야 한다. 킬이 나를 흘겨보더니 다시 비웃는다.

"그들을 만나면 그런 말 쏙 들어갈걸?"

그들이 그렇게 강력하다고? 킬이 나를 살피더니 이번에는 비웃지 않고 말한다.

"네가 자신을 증명하면 그곳에 가게 될 거야. 그들도 만날 거고."

나는 이 세계를 파악하려 애쓴다. 화성의 미르난데에는 세 번의 세상이 있다. 지구에서 온 우승자 중 누구도 완주하지 못했다. 그건 첫 세상부터 쉽지 않은 미션과 시련이 있다는 뜻이다. 나는 그것에 대비해야 하고 그러려면 가능한 한 빨리 이 세상을 파악해야 한다.

나는 언덕 위로 올라와 헐떡이며 말한다.

"대체 내 친구들은 어디에 있는 거야?"

"저기."

나는 킬이 가리키는 반대편 아래를 본다.

마을과 달리 척박한 돌무더기 벌판이다. 곳곳에 땅에 박힌 커다란 고철 덩어리들이 보인다. 오래전에 버려진 듯 땅속에서 형태를 드러내고 있다. 저것들은 뭐지? 비행기인가? 아니, 우주선 날개의 잔해 같다. 내가 아는 미르난데 세상과는 어울리지 않는 이질적인 풍경이다.

그 위에 도래솔이 서 있다.

나는 달려 내려간다. 킬이 네발로 쫓아 내려온다. 아래에 도착하니 도래솔 곁에 킬과 비슷하게 생긴 것이 웅크리고 있다. 킬과 달리 검은 반점이 있다.

도래솔이 만난 다른 전령인가 보다.

"여기서 뭐 하는 거야?"

도래솔이 돌아보더니 씩 웃는다.

"저 구름."

도래솔이 하늘을 가리키며 말한다.

"이상한 구름이야. 처음엔 그냥 먹구름인 줄 알았는데 아까부터 제자리를 돌고 있어. 마치 살아 있는 유기체 같아."

그제야 나는 하늘을 본다. 파란 하늘에 구름이 펼쳐진 가운데 어울리지 않는 짙은 먹구름이 보인다. 도래솔의 말처럼 움직임이 이상하다. 다른 구름과 반대로 움직이는 것 같다.

나는 잠시 그것을 살피다 말한다.

"맨디는 어디 있어?"

"모르겠어, 나도 좀 전에 도착했거든."

"여기 있어!"

돌아보니 언덕 아래로 이어진 길에서 맨디가 뛰어온다. 그 뒤로 또 다른 갈색 털의 전령이 네발로 따라온다.

맨디가 도착해 숨을 고르며 말한다.

"미션이 뭔지 찾았어?"

도래솔이 말한다.

"아직."

우리는 각자 알아낸 정보를 공유한다. 언제나 그렇듯 아는 게 많지 않다. 각자 전령을 만났고, 전령들이 시니컬하다는 걸 알게 됐고, 이 세계를 대충 파악했을 뿐이다.

맨디는 자신의 전령이 마음에 들지 않는다며 투덜댄다. 나는 웃으며 친구들의 전령들을 살핀다.

"너희는 이름이 뭐니?"

"나는 킬이야." 맨디의 전령이 말한다.

"이름이 킬이라고? 그럼 너는?"

"나는 당연히 킬이지." 도래솔의 전령이 말한다.

어리둥절해진 나는 내 전령을 돌아본다.

"너희는 모두 이름이 킬인 거야?"

"전령은 거짓말 안 해."

세 명의 킬이 크르르 소리를 내며 자기들끼리 웃는다.

킬이란 이름이 아니라 전령의 종을 말하는 걸까? 친구들은 짜증 난다는 표정이다. 가뜩이나 자기 전령이 마음에 안 드는 맨디는 역정을 낸다.

"이 녀석들, 우리를 가지고 노는 거 아냐?"

내 생각은 다르다. 미르난데는 우리가 모르는 자기만의 논리로 이야기를 펼치는 강인공지능이다. 미르난데가 킬들을 창조한 이유와 목적이 있을 터다.

나는 친구들에게 말한다.

"우리는 어떤 전쟁이 벌어지고 있는 세상에 들어왔어. 전령들은 그들이라는 존재에 대해서만 언급하고 다른 것들은 모호하게 돌려서 말해. 그게 뭘 의미하는 걸까?"

"그런 게 중요해? 우린 아직 미션이 뭔지도 몰라. 야, 너는 뭐 느끼는 거 없어?"

맨디가 돌아보자 도래솔이 어깨를 으쓱한다.

"나도 뭔가 통찰하려고 해봤는데, 다른 능력은 온전한데 마법 감각만 무용지물이야. 여기는 우리가 겪은 세상과 달라서 그런 것 같아. 작동하는 원리가 비슷한 듯 달라."

"그럼 이제 어떻게 해야 할까?"

내가 묻자 도래솔이 말한다.

"지금 우리가 가진 실마리는 쟤네뿐이야. 저 전령들에게서 최대한 정보를 얻어야 해."

나는 도래솔의 말에 공감하고, 다시 세 전령을 본다.

"너희는 정확히 어떤 임무를 맡은 거야?"

"나는 전설처럼 다른 세상에서 온 이들을 환영하고 안내해." 맨디의 킬이 말한다.

"나와 만난 저 킬도 그렇게 말했어. 우리를 어디로 안내하는 거야?"

"여기로." 도래솔의 킬이 말한다.

나는 고철들이 박힌 황량한 땅을 둘러본다.

"여기에 뭐가 있는데? 아무것도 없잖아."

"있어." 내 킬이 말한다.

"있어, 있어." 맨디의 킬이 맞장구친다.

"그래, 맞아. 있어." 도래솔의 킬이 말하더니, 뭐가 재미있는지 자기들끼리 갸르르 웃어댄다.

그제야 나는 전령들의 행동을 눈치챈다. 사람인지 동물인지 모를 시끄러운 전령들은 생김새와 이름과 말하는 게 똑같다. 우리에게는 혼란스럽지만 이들은 나름 일관되게 행동하고 있다.

나는 친구들에게 말한다.

"이 친구들은 정보를 주고 있지만 모호하고 중의적이야. 내 생각에, 미션은 이 세상을 파악하는 것 같아. 여기가 어떤 세상인지, 그들의 정체가 뭔지……. 이 세상 자체를 파악하는 게 미션 아닐까?"

"그건 아닌 것 같은데?"

도래솔이 반박한다.

"이전 우승자들 대부분이 첫 번째 세상에서 실패했어. 그런데 그런 작은 미션이라고?"

그 말에는 동의한다. 미르난데가 그 정도일 리 없다.

나는 다시 킬들을 돌아본다.

"우리는 너희의 안내를 받아 이곳에 왔어. 이제 우리가 뭘 해야 하지?"

"증명해야지." 내 킬이 말한다.

"맞아, 증명해야 해." 도래솔의 킬이다.

"증명, 증명. 너희가 전쟁터에 들어갈 자격이 있는지 증명해야 해." 맨디의 킬이고.

나는 킬과의 첫 만남을 떠올린다. 다른 킬들의 행동을 보면서 비로소 전령들의 일관된 행동을 파악한다.

"이 친구들은 전령이지만 질문을 해야만 대답해."

"그게 무슨 말이야?"

맨디와 도래솔이 나를 본다. 나는 대답하는 대신 전령들에게 말한다.

"좋아, 나와 내 친구들은 우리가 자격이 되는지 증명할 준비가 됐어. 이제 이 아무것도 없는 벌판에서 우리가 어떻게 증명해야 하지?"

"그들이 너희를 찾을 거야." 도래솔의 킬이 말한다.

"그들이 영웅이 될 자를 찾을 거야. 그가 자격이 되는지
볼 거야." 내 킬이다.

"그들은 존중할 만한 상대를 좋아해. 그래야 그들이 이
겼을 때 존중받을 수 있거든." 맨디의 킬이고.

나는 다시 묻는다.

"그럼 그들이 우리를 찾을 때까지 기다리면 돼? 그들은
지금 어디 있어?"

킬들이 일제히 하늘을 가리킨다.

"저들."

"그들이 아닌 저들."

"저들, 저들!"

우리는 킬들이 가리키는 쪽을 본다. 아까 도래솔이 보
던 하늘이다. 어울리지 않는 짙은 먹구름이 떠 있는 곳. 구
름은 여전히 이질적으로 움직이고 점차 커지고 있다. 아니,
커지는 게 아니다. 가까워지는 거다.

우리 쪽으로 오고 있다.

방랑자

"저건 뭐야? 구름이 이상하게 움직이네?"

뒤늦게 구름을 발견한 맨디가 말한다.

이제 우리는 하늘을 유심히 살핀다. 나는 전령들을 돌아본다.

"저건 뭐야?"

"방랑자." 전령들이 한목소리로 말한다.

"방랑자? 저게 사람이라고?"

"사람이었지. 패배한 자." 맨디의 킬이 말한다.

"먹히기를 거부한 자, 경계를 떠도는 자." 도래솔의 킬이 말한다.

"방랑사가 너희의 몸을 빼앗을 거야. 너희를 잡아먹을 거야." 이어 내 킬이 소리친다.

그제야 나는 우리가 상대해야 할 존재를 확인한다.

구름처럼 보이지만 구름이 아니다. 허공을 휘도는 게 새나 메뚜기 떼 같지만 그것도 아니다. 살아 있는 구름, 연기, 열기라고 할 수 있는 전혀 다른 무엇이다.

그것이 가까워지며 위압적으로 커진다.

머리 위로 몰려온 그것이 빠르게 내려오더니 우리 주위에서 휘몰아친다. 우리는 그 안에 갇힌 꼴이 되어 어쩔 줄 모른다.

그것의 정체를 알고 있는 전령들만 털을 곤두세우고 몸을 떤다.

"우리 이제 어떻게 해야 해?"

맨디가 소리치지만 도래솔과 나는 아무 말도 하지 못한다. 이런 형체가 없는 적은 상대한 적이 없다. 나는 정신 차리려 애쓰며 적을 주시한다.

주위를 휘도는 그것은 형체가 없지만 언뜻 형태가 보인다. 얼굴들. 짙은 기체 표면에 다양한 얼굴이 드러났다가 흩어진다. 표정들에서 분노와 광기, 공격성이 느껴진다. 아무 소리도 들리지 않지만 기회를 엿보는 속삭임이 들리는 듯하다.

방랑자라 불리는 그것은 공격할 기회를 엿보는 게 분명하다. 처음 노린 것은 작은 전령들이다. 무형의 기체 한 줄기가 뻗어 나와 내 전령을 움켜쥔다.

킬이 휘말려 들어가 함께 주위를 돈다.

"킬!"

내가 소리치자, 킬이 내게 소리친다.

"너희를 증명해! 미르를 찾아가!"

다른 킬들이 겁에 질린 채 "미르, 미르! 미르를 찾아!"를 연발한다.

비명을 지르며 주위를 돌던 킬이 돌연 바깥쪽으로 내던져진다. 방랑자 너머에서 킬이 비틀거리며 일어서는 게 보인다. 내가 소리친다.

"킬, 괜찮아?"

전령이 나를 돌아본다. 커다란 눈에 아무것도 들어 있지 않다. 공허뿐이다.

킬은 내 말을 못 들은 건지 대꾸 없이 뒤돌아 흐느적거리며 걸어간다. 나는 설명해달라고 다른 전령들을 돌아본다. 그러나 전령들은 끽끽거리며 떨기만 한다.

전령은 질문할 때만 대답한다. 내가 소리친다.

"킬이 어떻게 된 거야?"

"잡아먹힌 거야." 도래솔의 킬이 울먹이며 말한다.

"방랑자가 킬의 몸을 빼앗은 거야." 맨디의 킬이 떨며 말한다.

그제야 상황을 파악한 도래솔이 소리친다.

"다른 참가자들도 저런 식으로 당한 거야. 그래서 다들 첫 번째 세상에서 무너진 거고. 다들 내 옆에 붙어!"

도래솔이 주문을 외며 지팡이로 땅을 내리쳐 방어막을 펼친다.

방랑자가 달려든다. 본격적으로 공격해 온다. 마법 장을 감싸고 달라붙어 때리고 찢으려고 한다. 얼굴들이 새겨진다. 방어막을 뚫고 들어오려는 분노의 얼굴들.

"이럴 수가. 저럴 리가 없는데."

당황한 도래솔이 방어막을 강화한다. 마법 기운이 장을 훑으며 두터워진다. 그러나 그럴수록 얼굴들은 격해지고 빨라지고 거세진다. 기어이 한 곳이 뚫리며 방랑자가 쏟아져 들어온다.

도래솔이 비틀거리고 방어막이 붕괴된다.

우리는 속수무책으로 노출되고 방랑자가 우리를 덮친다. 거센 무형의 상대에게 휘감기는 도래솔이 보이고, 발악하지만 붙잡혀 허공으로 떠오르는 맨디가 보인다. 속절없이 잡혀 공중에 휩쓸리는 킬들이 보인다.

방랑자가 나를 향해 달려든다.

나는 본령으로 날아올라 도망친다. 방랑자가 내 발톱을 잡는다. 나는 크게 날갯짓해 위로 올라간다. 방랑자가 내 발을 움켜쥐고, 올라와 몸을 휘감고, 날개를 덮고, 부리와 얼굴을, 내 전체를 뒤덮는다.

방랑자가 허공을 이리저리 휘돈다. 나는 붙잡힌 채 휘둘린다.

처음 느끼는 건 공포다. 그가 나를 휘감고 내 안을 휘젓는 걸 느낀다. 내 머릿속까지 헤집는다.

나는 벗어나려 발버둥 친다. 그럴수록 그가 나를 옭아매고 나를 관통해 기억과 생각과 감정을 뒤흔든다. 나라는 존재를 찢어발기고 비어버린 내 몸뚱이를 차지하려는 게 느껴진다.

내 안에서 그는 내가 되려고 하고 나는 그가 된다.

그가 나의 모든 걸 읽으려고 하자, 나도 그를 볼 수 있게 된다.

이제 나는 방랑자의 의도를 안다. 그는 내 안에 숨은 두려움과 공포를 찾아내려 하고, 그것을 극대화해 안에서부터 파괴하려고 한다.

나는 반항을 포기한다. 몸과 정신을 내맡긴다.

방랑자가 내 기억을 되짚어 여정을 더듬는다. 내가 미르난데에서 느낀 모든 감정을 끄집어낸다. 처음 트롤에게 쫓길 때의 두려움, 새매가 되어 활강하던 당시의 희열, 꿈꾸는 여왕과 만난 날의 안도감, 곤드레인과의 전투에서 온몸을 훑고 지나가던 긴장과 전율……. 그 모든 게 뒤엉켜 폭발할 지경에 이른다. 나는 안에서부터 찢기기 직전이다.

거기에는 윤슬도 있다. 섀도의 죽음에는, 너무 많은 것이 있다. 우정, 설렘, 사랑, 슬픔, 절망 그리고 그 모든 걸 초월한 분노. 나는 그 분노에 눈이 멀었고 검은 늑대를 거의 죽음으로 몰고 갔다. 그것은 나를 부정하고 내 한계를 드러내는 짓이었다.

그게 나라는 아이였다.

나를 인정하자, 그를 이해할 수 있게 된다. 그의 분노와 광기와 공격성 뒤에 있는 것마저 보게 된다.

"당신은……."

나는 떨며 중얼거린다.

"두려워하네요."

내 안을 휘젓는 움직임이 느슨해진다. 그러자 두려움 밑에 감춰진 또 다른 게 보인다.

"당신은…… 슬퍼하고 있군요."

방랑자는 이제 주춤하고, 광기와 분노 대신 두려움과 슬

품으로 동요한다.

"왜 두려워하죠? 무엇 때문에 슬퍼하는 거죠?"

방랑자가 격한 동요로 답한다. 그는 나를 차지했고 나는 그의 일부이기에 그의 두려움과 슬픔을 엿볼 수 있다.

'그들.'

"그들이 당신을 이렇게 만들었군요."

전령들의 말이 맞았다. 방랑자는 이 세상의 사람이다. 그들에게 대항했다가 패한 이. 그들은 자신들의 일부가 되라고 했지만 방랑자는 거부했다. 그러자 경계만 남았다.

방랑자는 죽을 수 없다. 세상을 떠돌 뿐이다. 두려움과 슬픔 뒤에 분노와 광기가 자리 잡았고, 방랑자가 할 수 있는 거라곤 살려는 본능으로 살아 있는 존재를 공격하는 것뿐이었다. 누군가 자신을 이해해줄 때까지.

방랑자가 내 안에서 나간다. 나를 땅에 내려놓고 주위에 내려앉는다.

나는 본령에서 돌아와 친구들을 찾는다. 방랑자가 친구들과 전령들을 내려놓고 본모습을 보여준다. 여전히 구름과 연기와 열기지만 본래의 형체로 우리 주위에 모여 선다.

한 명이 아니다. 사람들이다. 그들에게 잡아먹힌 수천수만의 사람들.

흐릿한 얼굴들에서 절망을 읽을 수 있다. 나는 이 많은 이들을 방랑자로 만들어버린 그들이 얼마나 강력한 존재인지 깨닫고는 몸을 떤다.

방랑자가 일제히 나를 본다. 다들 소리 없이 말하고 있다. 그들로부터 사람들을 보호해달라고, 그들에게서 이 세상을 구해달라고. 그리고 옅어진다. 연기로, 열기가 되어 사라진다. 나와 친구들만 남는다.

아레나 무대 위였다.

아이스 홈

화요일 아침에는 몸 상태가 좋았다.

한나는 침대에서 내려와 베란다로 나갔다. 크레이터 분지에 펼쳐진 숲을 내려다보며 오늘은 왜 몸이 개운한 걸까 생각했다.

지난 토요일에, 미르난데에서 돌아왔을 때는 몸 상태가 최악이었다. 방랑자에게 휘둘려서 몸이 계속 늘어지고 피곤했다. 지구의 미르난데와는 확연히 다른 피로감이었다.

위원회가 왜 특별전에 신경 쓰며 참가자들을 관리하는지 알 것 같았다. 한나는 일요일 내내 그리고 어제 대부분의 시간을 침대에서 보내야 했다.

오늘 아침은 완전히 평소의 컨디션이었다.

한나는 특별전을 되새겨보았다. 정말 달랐다. 다른 참가자와 경쟁해 미션을 완수하는 게 아니라 다른 존재인 방랑자를 이해할 수 있느냐가 미션이었다.

크랙 씨의 말처럼, 화성의 미르난데는 보다 오묘했다.

불현듯 배가 고파진 한나는 아침을 먹으러 내려갔다. 맨디와 도래솔이 아침을 먹고 있었고 크랙 씨도 있었다. 한나는 다른 날보다 음식을 많이 담아 식탁으로 가 앉았다.

크랙 씨가 한나를 살피며 말했다.

"오늘은 기분이 어떠니?"

"아주 좋아요."

맨디와 도래솔도 오늘은 몸 상태가 좋아 보였다. 둘도 어제는 영 엉망이었는데.

크랙 씨는 한나와 친구들이 미르난데에 있는 동안 밖에서 있었던 일을 말해주고 있었다.

"너희는 몰랐겠지만 아레나에 모인 사람들의 반응이 정말 뜨거웠단다. 내가 본 특별전 중 역대급이라고 할 만큼."

맨디가 화성산 갈비를 뜯으며 말했다.

"우리가 돌아왔을 땐 조용하기만 하던데요?"

"그건 정적이었어. 방랑자의 사연을 알고는 다들 말문이 막혔던 거지. 너희가 방랑자에 휩쓸렸을 때 사람들은 분노와 광기를 함께 느꼈단다. 그리고 두려움과 슬픔도. 새매가 방랑자를 이해할 때는 눈물을 흘리는 사람도 있었어."

맨디와 도래솔이 서로 보며 '그 정도였어?' 하는 표정을 지었다. 크랙 씨가 상기된 표정으로 말을 이었다.

"위원회의 반응도 대단해. 어쩌면 새매와 친구들이 처음으로 특별전을 완주할지 모른다고 다들 기대하고 있어."

아이들은 말없이 음식을 먹었다. 아이들 표정을 살핀 크랙 씨가 말했다.

"그래, 이틀간 푹 쉬었겠다 오늘 계획은 뭐니?"

"계획이요? 그런 거 없는데요?"

도래솔이 대꾸하자 맨디가 말했다.

"난 오늘 시내 관광 나갈 거야. 너랑 한나는 나갔다 왔는데 나만 못 봤잖아."

"너희는?"

한나와 도래솔은 어깨를 으쓱했다. 크랙 씨가 말했다.

"그럼 너희는 진짜 관광지에 가보는 게 어떠니?"

"진짜 관광지요? 거기가 어딘데요?"

"아이스 홈."

우승자를 위한 공식 일정 중에 관광지 투어가 있기는 했다. 화성 생활 적응을 위한 위원회의 배려였다.

한나와 도래솔은 크랙 씨가 추천한 곳에 가보기로 했지

만 맨디는 시내 관광을 고집했다. 친구들이 도시를 돌아다닌 게 모험처럼 보였던 모양이다. 어쩔 수 없이 한나와 도래솔만 관광지에 가기로 했다.

한나가 공유 차량을 호출했다. 완전 자율주행차여서 목적지를 입력하기만 하면 됐다. 차가 아이들을 태우고 호텔을 떠나 이리스 지상으로 올라갔을 때, 도래솔이 말했다.

"여기 미르난데 말이야. 좀 이상하지 않아?"

한나가 잠시 생각하다가 말했다.

"그런 것 같아."

한나는 도래솔이 자기와 같은 생각을 한다고 느꼈다. 아니나 다를까, 둘만 남게 되자 도래솔이 털어놓듯 말했다.

"지구랑 같은 미르난데고 똑같은 이야기의 세상인데 전혀 다른 느낌이야. 어딘가 이질적이랄까?"

"나도 같은 생각을 했어."

"방랑자가 내 몸을 휘저을 때 진짜 무서웠어. 지구에서도 리얼하긴 했지만 여기는 더 생생하고 진짜 같은 거야. 정말로 정신이 찢겨나가는 줄 알았어……. 이틀 동안 내내 자다 깨다 하면서 그런 생각이 들더라."

한나가 도래솔을 보았다.

"어떤 생각?"

"지구의 미르난데와 달라서 최종까지 간 참가자가 하나도 없는 거 아닐까?"

"그럴 수도 있겠다."

한나가 말했다.

"지구보다 한층 업그레이드된 느낌이랄까. 그래서 미션 깨기가 어려웠던 것 같아. 그런데 나는 다른 생각을 했어."

이번에는 도래솔이 한나를 보았다.

"단순한 팬 서비스인 특별전을, 왜 그렇게 높은 수준으로 끌고 가는 걸까?"

도래솔은 말없이 빤히 보기만 했다. 한나도 더는 말하지 않았다.

차는 동쪽으로 뻗은 도로를 달렸고 이십 분 만에 목적지에 도착했다. 화성 개척 초기 정착지 다섯 곳 중 한 곳인 마스4 표면 거주구였다.

마스4 기지를 검색해보니, 화성 개척을 위해 도착한 선발대가 남반구 크레이터 일대와 북반구 용암 평원 다섯 곳에 내려앉았다고 했다. 선발대 예순네 명이 각자 표면 거주구를 세우면서 본격적으로 화성 개척이 시작된 것이다.

이곳에 자리 잡은 마스4 선발대는 주변을 탐사했고 거

대 용암 동굴을 발견했다. 그것이 이리스의 시작이었다.

마스4 표면 거주구는 당시의 모습 그대로 보존되어 있었다. 선발대를 위한 아이스 홈이라 불리는 거주구 세 동이 세워져 있었고 주위에 태양과 바람을 이용한 발전기, 공기 교환 시스템, 연구동이 있었다. 가변 바퀴 여섯 개가 달린 탐사 로버 두 대도 보였다. 개척 시대의 하루를 보는 듯한 풍경이었다.

두 사람은 입구에서 표를 끊고 구역 안으로 들어갔다.

거주구 내 건물을 지날 때마다 사람의 접근을 인식한 홀로그램이 작동해 개척 당시 선발대의 활동을 보여주었다. 기록을 바탕으로 재현한 영상이었는데, 아직 테라포밍이 시작되기 전이라 다들 우주활동복을 입고 있었다.

발전기 앞을 지날 때는 모래 폭풍 속에서 대원들이 대피하는 광경이 펼쳐졌고 어딘가 설치된 스피커에서 돌 폭풍 소리, 대원들이 다급히 외치는 소리가 들려왔다.

영상 속을 가로지르면서 도래솔이 말했다.

"와, 이거 진짜 실감 나는데?"

두 사람은 구역 중앙에 위치한 아이스 홈으로 들어갔다. 에어록이 개방되어 있었고 내부는 생각보다 컸다. 돔 형태의 내부는 3층 높이에 4인이 거주할 수 있었다. 산소와 온도, 가압을 제공하면서 개인 침실과 식당, 식물 재배 온실, 실험실 등이 실용적으로 배치되어 있었다.

플렉시글라스로 이루어진 벽과 천장은 단열과 방사선 차폐를 위해 7미터 두께로 만들어졌고 물과 얼음으로 채워져 있었다. 이곳을 아이스 홈이라 부르는 이유였다.

두 사람은 감탄하며 방마다 홀로그램이 보여주는 선발대의 일상과 실험 과정, 회의하는 모습을 구경했다.

한나의 핸드폰이 울렸다. 맨디임을 확인한 도래솔이 말했다.

"얘 벌써 심심해졌네. 그래서 전화한 게 분명해."

한나가 웃으며 스피커폰으로 받았다. 맨디의 목소리가 들렸다.

"너희 어디야?"

"어디긴, 개척기 관광지 온 거 알면서. 시내 관광은 잘하고 있냐?"

도래솔의 말에 맨디가 빠르게 말했다.

"그것보다, 지금 만나자."

"왜 그래, 무슨 일 있어?"

한나가 묻자, 맨디가 흥분한 목소리로 소리쳤다.

"당장 만나야 해. 이전 우승자를 찾았어!"

버펄로 빌

맨디는 우주 공항 주차장에서 만나자고 했다. 무슨 일인지 물었지만 만나서 말해주겠다고만 했다. 한나와 도래솔은 공항으로 향했다.

우주 공항은 처음 도착했을 때와 다른 분위기였다. 더 붐빈다고나 할까. 공항으로 향하는 도로에는 차들이 늘어섰고 공항 안에도 사람이 많았다.

한나와 도래솔을 태운 차가 야외 주차장으로 들어가자 주차장 입구에 선 맨디가 보였다. 차를 세우자 맨디가 급히 올라탔고, 도래솔이 차를 한쪽에 주차하며 말했다.

"대체 무슨 일이야?"

맨디가 흥분한 목소리로 떠들었다.

호텔을 나간 맨디는 한나가 알려준 대로 전동 휠을 타고 지하 도시를 돌아다녔다고 했다. 그러다 자신을 아는 사람을 만났다는 것이다.

"여긴 화성이야. 누가 널 알아봐?"

도래솔이 말하자 맨디가 짜증스레 말했다.

"그게 아니라, 내가 새매와 친구들이라는 걸 알아보는 아저씨를 만났다고."

한나가 말했다.

"알겠어, 그런데?"

"한 야외 카페에서 쉬고 있었어. 카페 이름이 사이렌 뭐라는 곳인데, 야외라지만 실내나 별반 다르지 않았어. 어차피 이리스는 지하 도시니까. 아무튼 거기서 밀크셰이크를 마시는데 그 아저씨가 말을 거는 거야. 지난 주말에 아레나에 갔었다면서 우리의 활약을 칭찬하더라. 나도 기분이 업돼서 그 아저씨랑 한동안 이야기를 나눴고."

"그래서, 팬 만난 거 자랑하려고 이렇게 급히 만나자고 한 거냐?"

도래솔이 빈정대자 한나가 말했다.

"그만하고 끝까지 들어보자. 그래서?"

"그 아저씨와 대화하다가 이전 우승자들 이야기가 나왔어. 자기는 이전까지 '버펄로 빌'을 응원했는데 지금은 우리의 팬이 됐다는 거야. 그래서 나도 버펄로 빌을 좋아한다고 했어. 그러면서 슬쩍 떠봤지. 화성에 오면 만나고 싶은 영웅이 버펄로 빌이었다고. 그런데 있지, 그 아저씨가 버펄로 빌을 봤다는 거야."

"버펄로 빌을 봤다고?"

도래솔이 호기심을 보였다.

"그 사람은 오 년 전 우승자야. 버펄로 빌이 이리스에 살고 있다는 거야?"

"그건 몰라, 그 아저씨는 여기 우주 공항에서 봤대."

"여기? 어디?"

"그거야 나도 모르지. 그 아저씨는 하역장에서 일하신댔어. 지게 로봇 기사인가 그럴 거야. 그런데 일하면서 버펄로 빌을 두세 번 목격했다고 했어."

그러면서 맨디는 함께 버펄로 빌을 찾아보자고 했다. 그를 만나면 형의 소식을 알 수 있을 거라고 했다.

"버펄로 빌은 우리 형이 우승하기 전 해의 우승자야. 빌의 활약이 너무 대단해서 형이랑 나는 팬이 됐고 형은 버펄로 빌처럼 되겠다며 다음 해 미르난데에 참가했던 거야."

"네 말은 알겠는데, 이 넓은 곳에서 어떻게 버펄로 빌을 찾아? 그 사람이 여기 사는 것도 아니고, 분명 우주선을 타고 내리면서 지나친 걸 텐데."

도래솔의 말에 맨디는 입을 다물었다. 실망한 눈치였다. 맨디의 표정에 한나가 말했다.

"여기까지 왔는데 공항도 구경할 겸 한번 찾아보면 어떨까?"

맨디가 화색이 되어 한나를 보았다. 도래솔이 구시렁거렸다.

"하여간 귀찮게 한다니까? 점심시간 다 됐어. 네가 밥 사면 한번 생각해볼게."

아이들은 공항 내 식당에서 점심을 먹었다. 화성식 핫도그와 햄버거였다.

맨디는 버펄로 빌이 우주 공항에서 일하는 걸지 모른다고 했다. 어쩌면 MSS에서 일하는 건지도. 어느 쪽이든 우주 공항을 거쳐야 하니까 그 아저씨 눈에 띄었던 거라고 말이다.

맨디의 말을 들으면서 한나는 부모님이 해준 말을 생각했다. 엄마는 특별전을 치른 우승자들이 사라졌다고 했다. 하지만 버펄로 빌이 이곳에서 목격되었다. 그가 화성에서 안전하게 살고 있다는 뜻이었다.

엄마랑 아빠가 잘못 알고 있는 걸까?

"다 먹었다. 어서 나가서 찾아보자."

맨디의 말에 그때까지 핸드폰만 보던 도래솔이 말했다.

"그 아저씨가 버펄로 빌을 만난 게 하역장이라고 한 거 맞아?"

"확실해. 왜?"

"왜기는, 너처럼 무작정 찾으면 찾아지냐? 계획을 세워야지. 봐, 여기가 하역장이야."

도래솔이 핸드폰을 보여주었다. 공항 내 위치도를 검색해 살펴보고 있던 것이다.

맨디가 기쁜 듯이 말했다.

"자식, 제법인데?"

핸드폰을 보니 하역장은 왕복선 착륙장과 가까운 곳에 다섯 곳이나 있었다. 각각의 착륙장을 담당하는 것 같았다.

위치를 파악한 아이들은 건물 내 통로를 따라가며 사람들을 살폈다. 궤도 위로 올라가는 관광객, MSS에서 내려온 선원 그리고 공항 직원들이 바쁘게 오갔다. 건물 끝에 있는 하역장 입구로 들어가려고 했지만 공항 직원이 아니면 출입할 수가 없었다.

"밖으로 나가볼까?"

도래솔이 말하자 맨디가 거들었다.

"그래, 밖에서 다른 입구를 찾아보는 게 낫겠어."

아이들은 아래층으로 내려가 밖으로 나갔다. 건물을 따라가니 하역장이 나타났다. 트럭이 드나드는 커다란 입구가 열려 있었고 지게 로봇과 인부들이 바쁘게 움직이고 있었다.

아이들은 사람들을 살피며 하역장 주변을 한동안 돌아다녔다. 하역장 네 곳을 지났을 때 맨디가 말했다.

"얘들아, 저기."

한나는 맨디가 가리키는 곳을 보았다. 쌓여 있는 컨테이너 뒤에서 걸어오는 이십 대 남자였다. 남루한 셔츠를 걸쳤고, 그 안에 황토색 제복 같은 걸 입고 있었는데 찢어지고 더러웠다.

더 이상한 건 그의 표정이었다. 며칠이나 씻지 못한 듯더러운 얼굴에 눈빛도 퀭했다. 비틀거리며 걸어오는 게 노숙자나 알코올중독자 같은 몰골이었다.

맨디가 도래솔을 돌아보았다.

"확실하지?"

도래솔이 당황스러운 표정으로 말했다.

"그런 것 같은데?"

그 남자는 아이들 쪽으로 걸어왔고, 맨디가 조심스럽게

말했다.

"버펄로 빌?"

남자가, 버펄로 빌이 걸음을 멈추고 아이들을 보았다.

한나는 그의 셔츠 안 제복에 찍힌 문양을 보았다. 네 끝이 날카롭게 뻗은 X였다.

"버펄로 빌 아저씨 맞죠?"

버펄로 빌이 아이들을 훑어보더니 이내 겁먹은 눈초리로 주위를 살폈다.

"반가워요, 우리는 올해 미르난데에서 우승한⋯⋯."

그가 갑자기 뒤돌아 뛰어갔다.

아이들은 어리둥절해 서로를 보다가 얼떨결에 그를 쫓아갔다. 맨디가 버펄로 빌을 불렀지만 그는 들은 척도 않고 도망쳤다. 병자 같은 모습과 달리 상당히 빨랐다. 아이들이 건물 안까지 쫓아 들어갔지만 이미 사라지고 없었다.

아이들은 건물 안을 돌며 버펄로 빌을 찾았다. 그러나 결국 포기하고 건물을 나와 주차장으로 향했다.

"그 아저씨, 대체 왜 도망친 걸까?"

맨디가 묻자 도래솔이 말했다.

"옷차림도 이상하고, 왠지 수상한데?"

한나는 아무 말도 하지 않았지만 정말 수상했다. 버펄로 빌은 아무리 봐도 미르난데 우승자의 행색이 아니었다. 왠지 겁먹은 것 같았고, 맨디가 말을 걸자 도망쳐버렸다. 왜 그랬던 걸까?

한나는 엄마의 경고를 다시 떠올렸고, 버펄로 빌의 행색이 우승자들의 실종과 관계가 있는 건 아닐까 의심스러웠다. 부모님을 만나면 버펄로 빌에 대해 물어봐야겠다고 생각했다.

그러다 뭔가를 발견하고는 걸음을 멈췄다.

"얘들아, 잠깐만. 저기……."

건물 뒤에서 육중한 장갑 트럭이 돌아 나오는 중이었는데, 옆에 X 로고가 붙어 있었다. 황토색 바탕에 검은 X 문양이 버펄로 빌의 제복에 있는 것과 같았다.

차는 좌회전해 다가왔고 아이들을 지나쳐 공항 정문으로 향했다. 어떻게 해야 할지 모르는 표정의 맨디와 도래솔을 보고 한나가 말했다.

"쫓아가보자."

Zone X

장갑 트럭은 이리스로 향하지 않았다. 도로를 달리다 오른쪽으로 빠져 왼쪽 도로를 달려갔다. 이리스에서 서쪽 방향이었다.

삼십 분쯤 달리던 트럭이 다시 도로를 빠져나가 왕복 이차선도로를 달렸다. 맨디가 차창 밖을 살피며 말했다.

"대체 어디까지 가는 거야?"

주변은 메마른 벌판이었다. 도시에서 멀어지자 아직 개발되지 않았는지 교과서에서 배운 황량한 화성 풍경이 펼쳐졌다.

한나는 내비게이션 지도를 축소해보았다. 주변 장소를 확인할 수 있었는데, 도로는 몇 킬로미터 앞에서 끊겼고 그 앞에는 아무것도 없었다. 커다란 원형으로만 표시되어 있었다.

"길이 끊기는데?"

한나가 말하자, 맨디와 도래솔이 수상하다고 떠들었다.

차가 어느새 도로 끝에 접근했다. 앞에서 달리는 장갑 트럭 너머에 좌우로 뻗은 긴 담과 입구, 검문소 같은 게 보였다.

"저 안으로 들어가는 것 같은데, 어떻게 할까?"

도래솔이 말하자 한나는 오른쪽에 보이는 낮은 건물을 가리켰다.

"일단 저기로 들어가자."

아이들은 우회전하며 트럭이 검문소를 통과하는 걸 지켜보았다. 담 너머는 내리막길인지 차가 아래로 모습을 감추는 게 보였다.

도래솔이 말했다.

"저기가 저 사람들 본진인가 봐."

맨디가 물었다.

"이제 어떻게 하지?"

한나가 말했다.

"일단 차를 세우자."

아이들은 차를 주차한 다음 주변을 둘러보았다. 음식점과 카페, 넓은 부지의 주차장이 있는 걸 보니 휴게소 같았다. 차들이 주차되어 있었고 한쪽에 개인용 모빌리티 스팟이 보였다.

아이들은 입구의 디지털 안내판을 확인했다. 이곳은 'Crater X Zone'이라는 이름의 휴게소였고, 도로 끝의 담 너머는 크레이터였다. 개척기 이후 열 번째로 떨어진 운석 때문에 생긴 크레이터라고 소개되어 있었다.

한쪽에 "X 구역은 화성의 고대 지질을 연구하는 과학 단지로 일반인의 출입을 금함"이라는 경고문이 붙어 있었다. 그러니까 이 휴게소는 크레이터 과학 단지를 드나드는 사람들을 위한 곳이었다.

"얘들아, 이걸 믿니?"

도래솔이 묻자 맨디가 대답했다.

"글쎄. 그 사람들 복장이 군인이나 용병 같았는데?"

"그 버펄로 빌이라는 사람, 여기서 일하고 있는 거 아닐까?"

한나는 말하면서도 자신이 없었다. 연결되는 게 없어서였다. 과학 단지와 군인 제복, 노숙자처럼 보였던 버펄로 빌. 어느 것도 자연스럽지가 않았다.

도래솔이 말했다.

"그렇다면 정찰을 해보는 수밖에!"

아이들은 모빌리티 스팟으로 갔다. 개인용 이동 수단과 오프로드용 바이크까지 있었다.

"저거 재미있겠다, 저걸 타자."

맨디가 오프로드 바이크를 가리키자 도래솔이 말했다.

"저건 너무 커. 사람들 눈에 띌 거야."

결국 전동 휠을 탄 아이들은 주변을 산책하는 척 휴게소를 나가 벌판으로 들어섰다. 휴게소에서 어느 정도 멀어진 다음 크레이터 쪽으로 방향을 틀었다.

크레이터 바깥쪽으로 담이 이어졌고 일반인 출입 금지 경고문이 일정한 간격으로 붙어 있었다. 그러나 담은 도로에서 100미터 정도 떨어진 곳까지만 세워져 있었고 이후에는 보이지 않았다. 주변이 아무것도 없는 황무지라 크레이터를 다 에워싸지는 않은 듯했다.

그곳에서 크레이터 전체를 볼 수 있었다. 그리 크지 않은, 지름이 400미터 정도 되는 크레이터였다. 아래 분지에 건물들이 보였고 그 사이로 차량과 사람들이 움직이고 있었다.

"여긴 진짜 연구 단지 같은데?"

맨디가 말했다.

"이제 어떡하지?"

도래솔이 씩 웃으며 말했다.

"어떡하긴, 내려가봐야지."

한나와 맨디가 돌아보았다. 도래솔은 지금 이 상황을 즐기는 듯했다.

도래솔이 말했다.

"그럼 여기까지 와서 그냥 돌아가자고?"

한나와 맨디는 서로를 바라보다, 결국 호기심을 이기지 못했다.

담이 끝나는 곳에서 경계를 따라가던 아이들은 아래로 내려가는 길을 발견했다. 완만하게 경사진 절벽 중간에 구조물 하나가 튀어나와 있었는데, 그것을 중심으로 위아래로 길이 이어져 있었다. 차들이 크레이터 경계면을 오르내리며 만들어진 길이었다.

아이들은 그 길을 따라 내려갔다. 비탈길 중간에 세워진 구조물을 지날 때, 도래솔이 전동 휠을 세우고 구조물을 살폈다.

"이건 뭘까?"

경사면 지층에서 튀어나온 것 같은 사방 2미터의 유리벽이었다. 그 안에 첨탑의 끝부분처럼 생긴 게 있었다. 맨위에 붉은 구체가 달렸고 그 주위로 작은 구체 두 개가 떠 있었다. 땅속 깊이 이어진 것 같았지만 유리벽이 두껍고 아래가 어두워 잘 보이지 않았다.

한나가 말했다.

"여긴 지질 연구 단지라고 했잖아. 지층 탐사 장비 아닐까?"

도래솔이 첨탑의 끝을 가리켰다.

"저거 신기하지 않아? 저 붉은 구체 주위의 작은 돌멩이 같은 거. 아무것도 연결되지 않았는데 허공에 떠 있어."

한나가 보기에도 신기했다. 조금 더 살펴보려는데 맨디가 말했다.

"지금 그런 걸 구경할 때야? 빨리 내려가자."

아이들은 다시 길을 따라 내려갔다.

밑에 도착한 아이들은 전동 휠을 세워두고 건물 사잇길을 따라갔다. 과학 단지는 평범해 보였다. 뭐 하는 곳인지 모를 건물들이 구획을 나누어 서 있었고 그 사이로 사람들이 오갔다.

한나는 제지당하지 않을까 걱정했지만, 누구도 아이들에게 관심을 갖지 않았다. 입구의 검문소만 통과하면 다른 사람은 신경 쓰지 않는 듯했다.

아이들은 황토색 제복의 남자를 발견했다. 그는 다른 건물과 외떨어진, 그러나 가장 큰 돔 건물 쪽으로 걸어가고 있었다. 그쪽에 제복 입은 사람들이 더 많이 보였다.

"아하, 이제 알겠다."

도래솔이 그를 따라가며 속삭였다.

"저 황토색 제복들은 이곳을 지키는 경비들인 거야."

한나가 보기에도 그런 것 같았다. 다른 사람들은 연구 가운이나 색깔로 구분된 조끼를 입은 반면 제복의 남자들은 다른 사람들과 어울리지 않았고 자기들끼리 몰려다녔다. 개중에는 소총으로 무장한 이도 있었다.

맨디가 갑자기 달려갔다. 도래솔이 쫓아갔다.

한나는 놀라 친구들을 보기만 했다. 돔 건물 앞에 제복 입은 사람 이십여 명이 두 줄로 열 맞춰 걸어오고 있었는데, 맨디는 그 사람들을 쫓아갔다. 그중 한 남자를 껴안으며 소리쳤다.

"형!"

형이라고? 한나는 어리둥절했다. 맨디가 그 남자에게 계속 매달렸다.

"형, 나야. 나라고, 형!"

맨디는 당황한 얼굴이었고 도래솔도 어쩔 줄 몰라 했다. 그도 그럴 것이, 맨디가 형이라고 부르는 남자가 아무 반응

없이 무표정한 얼굴로 맨디를 보기만 했던 것이다.

한나는 그가 맨디의 형이라는 걸 알 수 있었다. 키와 체격은 달랐지만 얼굴은 맨디를 꼭 닮았다. 누가 봐도 가족처럼 보였다. 그는 제자리에 우뚝 서서 앞만 보았다.

다른 사람들도 마찬가지였다. 여자와 십 대 소년도 있었는데, 다들 표정 없이 앞만 보며 반응하지 않았다. 마치 로봇들이 열 맞춰 이동하다가 맨디에게 저지당하자 동작을 멈춘 것처럼.

"대체 왜 이래, 형. 날 기억 못 하는 거야?"

맨디는 거의 울 것 같은 표정이었고, 저쪽에서 제복의 남자들이 쫓아오는 게 보였다. 또 어디에선가 날아온 드론에서 기계음이 들렸다.

"이곳은 민간인 출입 금지 구역입니다. 반복합니다, 이곳인 민간인 출입 금지 구역입니다⋯⋯."

이어 돔 건물에서 다른 제복들이 나왔는데 다들 무장하고 있었다. 그들이 쫓아와 친구들에게 총구를 겨누었다. 도래솔이 겁먹고 두 손을 들었지만 맨디는 계속 남자에게 매달렸다.

그러는 와중에도 도열한 사람들은 표정 없이 앞만 보며 서 있었고.

한나는 어쩔 줄 몰라 하다가, 사람들에게 쫓아가며 소리
쳤다.

"사람을 잘못 본 거예요!"

아이들은 돔 건물의 한 사무실에서 조사를 받았다.

제복의 중년 남자는 간부처럼 보였는데 무뚝뚝하고 사
무적이었다. 맨디가 화를 내며 형을 어떻게 한 거냐고 따졌
고 나중에는 형을 만나게 해달라고 사정했지만, 그는 아랑
곳없이 아이들의 신원과 X 구역에 들어온 목적과 과정만
반복해서 물었다.

맨디는 화를 내다 지쳐버렸고 도래솔도 멍한 표정이어
서, 한나가 대신 대답해야 했다.

한나는 아이스 홈 관광지에서 돌아오다 여기까지 오게
됐다고 둘러댔다. 휴게소에서 쉬다 전동 휠을 타고 산책을
했고, 그러다 크레이터 X를 발견해 샛길을 통해 내려오게
된 거라고. 맨디가 소동을 피운 건 어렸을 때 헤어진 형을
발견해서였는데, 한나는 자기가 보기에 닮은 사람을 착각
한 것 같다고 에둘러 말했다.

남자가 한나의 진술을 확인해보겠다며 방을 나갔다. 한
참 후에 돌아온 그는 아이들이 이리스 시민인 걸 확인했고,

맨디와 그 남자의 관계를 알아봤는데 전혀 상관없는 사람이라고 했다. 맨디의 형이 아니라는 것이다.

그는 이곳은 민간인 출입이 금지된 곳이니 다시는 들어오지 말라고, 그때는 정말 처벌받을 수 있다고 경고했다. 한나는 고개만 끄덕였다.

남자는 아이들을 부하들에게 넘겼고, 그들은 아이들을 차에 태워 크레이터 밖으로 나가 휴게소에 내려주었다. 제복의 남자들은 아이들이 차를 타고 떠나는 걸 확인한 뒤에야 X 구역으로 돌아갔다.

맨디는 뒤창을 돌아보다가 크레이터에서 멀어지자 울먹거렸다.

"진짜 우리 형이었어. 진짜라고……."

한나는 어떻게 반응해야 할지 난감했다. 맨디의 말을 무작정 믿어야 할지 알 수 없었다.

도래솔이 말했다.

"나도 알아. 분명 파란 고래였어."

한나가 돌아보자, 도래솔이 혼란스러운 듯 말했다.

"그 도열한 사람들, 모두 미르난데 우승자들이었어."

의문들

이리스로 돌아온 아이들은 호텔로 들어가지 않았다.

차를 돌려보내고 한동안 시내를 돌아다니다 한 근린공원에서 쉼터를 발견했다. 새 둥지 모양의 작은 쉼터는 아이들끼리 대화하기에 적당했다.

맨디가 어느 정도 진정이 된 듯해서 한나는 도래솔에게 물었다. X 구역에 있던 사람들이 정말로 미르난데 우승자들이었냐고.

"확실해."

도래솔이 말했다.

"한나 너는 지구에서 미르난데에 관심 없었으니까 모르겠지만 그 사람들 모두 미르난데 우승자였어."

맨디도 뒤늦게 화가 난 목소리로 말했다.

"다른 제복의 남자들은 아니지만, 그 도열한 사람들은

분명 우승자들이야."

맨디는 형이 왜 그동안 연락이 안 됐는지 알 것 같다고, 거기에 잡혀 있어서 그랬던 거라고 분개했다.

"그자들이 우리 형한테 무슨 짓을 한 거야."

한나 역시 궁금했다. 우승자들이 왜 거기 모여 있는 걸까. 그들은 왜 그렇게 이상하게 반응했을까. 동생을 알아보지 못하는 파란 고래의 그 공허한 표정을 어떻게 이해해야 할까.

친구들이 의심스러운 것들을 늘어놓았다. 그러나 허무맹랑하거나 말이 안 되는 것들이었다. 결국 도래솔이 장기를 꺼내 들었다.

"진짜 음모가 있는 거야, 화성 정부의 음모!"

맨디가 말했다.

"맞아, 이대로 있어선 안 돼. 당장 크랙 감독관님한테 가서 따져야겠어."

한나와 도래솔이 동시에 말했다.

"그건 안 돼."

맨디가 놀라 둘을 쳐다보자, 도래솔이 한숨을 쉬고는 말했다.

"정말 음모가 있어서 우승자들이 거기 잡혀 있는 거라

면, 아니 잡혀 있는 것 같진 않았지만 어쨌든 어떤 음모가
있는 거라면 오늘 우리가 본 걸 아무한테도 말하면 안 돼.
그 사람들이 우리를 가만둘 것 같아?"

그제야 상황을 파악한 맨디가 겁먹은 표정으로 말했다.

"그럼 어떡해?"

"어떡하긴, 우리끼리 음모를 파헤쳐야지."

대화는 이제 그 음모가 무엇인지로 넘어갔다. 음모를 꾸
민 자들이 누구인지, 그들의 의도가 뭔지 알아야 했다.

도래솔이 말했다.

"파란 고래가 맨디를 기억 못 하는 걸 보면 그들을 세뇌
한 거야. 아니면 최면을 걸었거나."

"왜 그런 짓을 해?"

"지구를 침략하려고."

한나와 맨디의 눈이 커졌다.

도래솔은 그러고 보면 죄다 수상하다고 했다. 화성이 갑
자기 독립을 선언한 것도, 지구와 교류를 끊은 것도 다 이
상하다는 것이다. 화성 정부가 미르난데 우승자들을 데려
와 군대를 양성하고 있다는 게 도래솔의 생각이었다.

"지금 영화 찍냐?"

맨디가 반박했다.

"미르난데 게임 잘하는 십 대, 이십 대를 모아서 군대를 만든다고? 그게 말이 된다고 생각해?"

도래솔이 더는 말을 잇지 못하고 입을 다물었다. 이번에는 한나가 말했다.

"혹시 특별전과 관계있는 거 아닐까?"

맨디와 도래솔이 이해하지 못하겠다는 표정으로 보았다. 한나는 그동안 보고 들은 것과 혼자 고민하던 걸 털어놓았다.

"지난주에 맨디와 내가 알아낸 바로는 특별전 이후 우승자들의 행방이 묘연했어. 그들은 모두 미르난데 완주에 실패했고. 그래서 그곳에 끌려가 있는 거 아닐까?"

"그, 그럼 우리도 미르난데를 완주하지 못하면 거기로 끌려가는 거야?"

"기억도 다 잃어버리고? 제복 입고 훈련을 받는다고?"

맨디와 도래솔이 놀라 말했다.

"생각해봐."

한나가 말했다.

"여기는 미르난데 참가자를 과도하게 관리해. 특별전이 끝날 때까지 아무것도 못 하고. 미르난데위원회는 특별전을 팬 서비스 이상으로 생각하는 것 같아. 난 그게 이상했어. 그런데 오늘 특별전을 완주 못 하고 행방이 묘연한 우승자들이 한곳에 모여 있는 걸 본 거야. 너희는 그게 수상하지 않아?"

친구들도 수상하다고 했다. 그러면서도 도래솔이 의문을 제기했다.

위원회가 우승자들에게 왜 그런 짓을 벌이느냐는 거였다. 특별전을 완주하지 못한 게 무슨 잘못이라고……. 아이들은 거기에 대해 각자 추측을 말했지만 그럴듯한 건 하나도 없었다.

그러는 동안 아이들은 두려워졌다. X 구역에서 본 우승자들의 공통점은 특별전을 완주하지 못했다는 것뿐이니, 자신들도 완주를 못 하면 그들처럼 될 수 있었다.

맨디가 말했다.

"생각해보니 이건 우리 힘만으론 안 되겠다. 경찰에 신고하자."

"여긴 지구가 아니야."

도래솔이 말했다.

"우리는 화성에 와 있어. 여긴 우리가 아는 사람도 도움받을 사람도 없고. 여기 사람들이 우리 같은 애들 말을 믿어줄 것 같아? 허무맹랑한 헛소리라고 생각할걸?"

맨디가 입을 다물었다.

한나는 이제껏 친구들을 위험에 빠뜨릴까 봐 말하지 않았는데, 지금이 털어놔야 할 때라는 생각이 들어 친구들에게 말했다.

"너희가 만나야 할 분들이 있어."

호텔로 돌아온 한나는 친구들을 방으로 올려 보내고 프런트로 갔다. 지배인에게 웃으며 말했다.

"제가 핸드폰을 방에 두고 와서요. 로비에 공중전화가 있을까요?"

이리스 거리에는 공중전화가 없었다. 그러나 관공서나 호텔 같은 곳에 있다는 것을 한나는 알고 있었다. 그게 화성의 공공의 법이라고 엄마가 알려주었다.

지배인이 공중전화 위치를 알려주었고 한나는 공중전화 부스에 들어갔다. 공중전화는 전화라기보다 모니터가 달린 단말기였다. 문자나 동영상 전송은 물론 메일을 보내거나 SNS를 열 수도 있었다.

한나는 문자를 선택해 전화번호를 입력했다. 메시지창에 다음과 같이 썼다.

광고 - 새매와 친구들 피규어 런칭. 마감 임박.

그건 지난주 부모님을 만났을 때 아빠가 알려준, 미르난 데위원회의 감시를 피해 연락하는 방법이었다. 모르는 번호로 스팸문자를 보내면 감시자가 한나가 보낸 건지 모를 터였다. '마감 임박'이라는 말은 급히 만나야 한다는 뜻이었다.

이제 아빠가 같은 방법으로 만날 시간과 장소를 알려줄 것이다.

연락이 오지 않았다. 다음 날에도 아빠에게 연락이 없었다. 두 분에게 무슨 일이 생긴 건 아닌지 걱정이 들 때쯤, 밤 늦은 시간에 연락이 왔다. 스팸문자였다.

단체 공지 - 문학 동호회원들은 마감 하루 전임을 잊지 마세요. 습작 제출 마감은 내일 오후 한 시까지입니다. 지난번과 같은 메일로 제출해주세요.

다음 날 오전, 한나는 친구들과 함께 호텔을 나갔다. 크랙 씨에게는 시내 구경 간다고 둘러댔다.

아이들은 스케이트보드와 전동 휠을 타고 한동안 시내

를 돌아다녔다. 뒤따라오는 사람이 있나 뒤를 살폈지만 미행 같은 건 없었다. 안심한 한나는 친구들과 버스로 갈아탄 다음 크레이터 공원으로 내려갔다.

숲속 정자에 엄마와 아빠가 기다리고 있었다. 두 분은 친구들을 보고 당황했지만 이내 새매와 친구들이라는 걸 알아보았다. 그리고 한나가 단순히 얼굴을 보자고 연락한 게 아님을 알았다.

아빠가 말했다.

"무슨 일이니, 위험한 일이라도 생긴 거니?"

한나는 친구들과 함께 이틀 전 본 것들을 말했다. 우주 공항에서 찾은 버펄로 빌부터 크레이터 X, 그 안의 과학 단지 그리고 제복을 입은 우승자들까지.

부모님은 충격을 받은 것 같았다. 두 분도 우승자들 행방이 묘연한 걸 알고 있었지만 그런 곳에 모여 있으리라고는 생각 못 한 것이다. 게다가 파란 고래가 동생도 알아보지 못하다니. 엄마와 아빠는 한동안 입을 열지 못했다.

한나가 말했다.

"우승자들한테 무슨 일이 있었던 건지 알고 싶어요. 하지만 여기는 우리가 아는 사람이 아무도 없고……. 그래서 연락한 거예요."

엄마가 한나를 안고 연신 미안하다고 했다. 한나를 위험에 빠뜨리게 해 미안하다고.

"그건 엄마가 미안할 일이 아녜요."

한나는 몸을 떼고 엄마를 보았다.

"뭔가 잘못됐다면 그건 미르난데위원회 때문이에요. 나는 내 의지로 화성에 왔어요. 그리고 그 잘못된 게 뭔지 알고 싶어요."

아빠가 두 사람을 진정시키고 말했다.

"이건 생각보다 큰 문제야."

한나와 엄마 그리고 친구들이 아빠를 보았다. 아빠가 말했다.

"미르난데는 화성 정부가 지구에 선물하고 위원회가 수십 년 동안 운영해왔어. 미르난데 우승자 스무 명이 그곳에 있다는 건, 그들이 십 년 넘게 뭔가를 꾸미고 있다는 의미야. 그런데도 그런 사실이 전혀 알려지지 않은 건 조직적으로 감추고 있다는 뜻이고. 미르난데위원회 차원에서, 아니면 그보다 더 윗선에서."

엄마가 말했다.

"특별전 이후 참가자들 기사를 찾을 수 없는데, 아무도 궁금해하지 않는 건 언론까지 통제하고 있다는 뜻일 거야."

"그렇다면 화성 정부가 음모를 꾸미고 있는 건 분명하네요?"

도래솔이 끼어들었다.

"그날 호텔로 돌아온 뒤 저도 곰곰이 생각해봤어요. 두 분이 아시는지 모르지만 지구에는 반화성 단체들이 있어요. 저는 그 사람들이 무작정 화성에 반대하는 거라고만 생각했어요. 그런데 지금 보니 그 사람들 말이 맞았어요. 화성 정부가 뭔가 커다란 음모를 꾸미고 있는 거예요."

도래솔은 잠시 머뭇거리다 주머니에서 핸드폰을 꺼냈다. 크랙 씨로부터 받은 핸드폰이 아니었다.

"아무래도 이걸 써야 할 것 같아요."

도래솔이 핸드폰을 가리키며 말했다. 한나가 놀라서 물었다.

"네가 어떻게 이걸 갖고 있어?"

핸드폰은 지구에서 Mo4가 한나에게 주려던 거였다. 바이러스 프로그램, 트로이목마 22.

"화성에 오기 전에 모마스를 만났어."

한나는 다시 놀라 도래솔을 보았다. 그리고 상황을 파악했다.

처음 한나에게 접근했던 모마스는, 한나가 미르난데에 바이러스 심는 것을 거부하자 도래솔에게 접촉한 것이다. 평소 화성 정부에 반감을 갖고 있던 도래솔은 현실에서도 영웅이 될 수 있다는 생각에 Mo4의 제안을 받아들였다고 했다.

한나는 모마스의 이중적 행동에 배신감을 느꼈다. 하지만 지금 중요한 건 그게 아니었다.

모마스의 존재와 트로이목마에 대해 들은 아빠가 핸드폰을 살폈다.

"이건 네가 지니고 있기엔 위험한 물건이구나. 위원회 사람들한테 들키기라도 하면……. 아저씨가 보관해도 되겠니? 안전하게 숨겨둘게."

도래솔은 주저하는 듯했지만 이내 고개를 끄덕이며 말했다.

"대신 약속해주세요, 화성 정부가 꾸미는 게 뭔지 알아봐주시겠다고. 만약 정말로 음모가 있다면 저는 그걸 쓸 거예요. 미르난데를 파괴할 거라고요."

아빠가 말했다.

"나도 내 딸과 친구들이 위험에 빠지는 걸 보고만 있지 않을 거다. 어디까지 알아낼 수 있을지 모르지만 너희가 준

정보로 최대한 알아내보마, 약속할게."

"그럼 우리는 이제 어떻게 해야 해요?"

맨디가 말하자, 엄마가 아이들을 보았다.

"한나 아빠 말처럼 너희는 지금 위험한 상황에 처했어. 우리가 생각하는 것보다 더 위험할지도 몰라. 그러니 지금부터는 모든 걸 조심해야 해. 미르난데에 들어가서도 안 되고."

아이들은 아무 말도 하지 않았다.

"너희가 본 게 맞다면, 미르난데를 깨지 못하면 너희도 그렇게 될 거야."

아이들 표정에 엄마가 당황해 덧붙였다.

"한나야, 엄마는 너와 친구들이 그렇게 되는 걸 볼 수 없어. 그것만은 막아야 해. 그런데도 미르난데에 다시 들어가겠다는 거니?"

한나는 여전히 아무 말도 하지 않았다. 할 수 있는 말이 없어서였다.

두 번째 전령

엄마와 아빠는 반대하지만, 우리는 미르난데에 들어가
야 했다. 그것이 우리의 생각이다.

각자의 이유가 있다. 도래솔은 자신감이다. 그 아이는
미션을 깰 수 있다고 확신했고 우리가 미르난데를 완주하
면 X 구역으로 끌려갈 일도 없을 거라고 한다. 또 미르난데
를 깨는 게 화성 정부를 엿 먹이고 지구인의 능력을 보여줄
기회라고 믿었다.

맨디는 당연히 형 때문이다. 그 애는 형을 다시 만날 수
있다면 뭐든 할 준비가 되어 있었다. 맨디 역시 미르난데
완주가 형을 구하는 길이라고 믿었다.

나는 처음부터 확고하다. 미르난데의 비밀을 알기 위해
서다. 윤슬을 위해서.

부모님과 다시 만났을 때 엄마는 말했다. 화성 정부가

뭔가를 꾸미고 있고 그 중심에 미르난데가 있다고. 아빠도 말했다. 미르난데는 위원회의 숨겨진 계획을 실행하는 도구라고.

현실에서 내가 할 수 있는 것은 없었다. 두 분이 우리가 본 걸 조사하는 동안 기다리는 수밖에.

그건 싫었다. 나는 내가 할 수 있는 것을 할 것이다.

화성 정부나 미르난데위원회가 뭔가를 꾸미고 있고 미르난데가 그것을 위한 도구라면 실마리는 미르난데 안에 있을 터였다. 그리고 그걸 확인할 수 있는 건 우리뿐이다.

결국 미르난데에 들어가는 수밖에 없었고 우리는 들어왔다, 또다시.

우리는 각자의 말을 타고 달린다.

말이라고 하지만 내가 알고 있는 말은 아니다. 생김새가 비슷한 듯 다르다. 돌출된 눈이 두 배는 크고 다리 근육이 더 발달했다. 샤이어 말처럼 커다란 발목에 난 흰 털이 멋지다. 등 근육은 평평해서 안장이 없어도 앉을 수 있다.

무엇보다 갈기가 풍성하다. 목과 몸통을 가린 갈기는 달리는 동안 우아하게 흩날리며 몸을 감싼다. 나는 갈기를 움켜쥐고 몸을 휘감는 그것의 감촉을 느낀다.

우리가 미르난데에 들어왔을 때, 그곳은 초원이었고 수십 마리의 말이 풀을 뜯고 있었다. 이전 세상에서 말을 타봤던 우리는 가까이 있는 말의 몸을 쓰다듬었다. 말은 온순했고 맨디의 얼굴에 코를 들이대며 냄새를 맡았다. 이어 다른 말 두 마리가 나와 도래솔에게 다가왔다. 마치 자기 짝꿍을 찾는 것처럼.

우리는 말들의 행동이 뭘 의미하는 걸까 추측하다 각자의 말에 올라탔다. 말들은 우리가 떨어지지 않고 자신들을 탈 줄 안다는 걸 확인하고는 달리기 시작했다. 우리는 놀라 갈기를 움켜쥐고 웃음을 터뜨렸다. 그러자 말들이 속도를 냈다.

말들은 초원을 가로질러 완만한 산길을 오르고 능선을 따라 달렸다.

세 말은 이제 내려가는 길을 찾고 있다. 우리가 가야 할 길을 아는 것처럼. 비탈길을 내려가며 내가 말한다.

"얘네가 우리를 어디로 데려가는 걸까?"

"전쟁터로 데려가는 거 아닐까? '그들'과 대결하기 위해서."

도래솔의 말에 내가 다시 말한다.

"우리는 그들에 대해 아무것도 몰라."

"맞아, 강력하고 무시무시한 존재라는 것만 알지."

앞에서 내려가던 맨디가 돌아보며 말한다.

"너희 그거 알아? 여기까지 오면서 이 세계 사람을 한 명도 못 봤다는 거."

"다들 전쟁터에 있다고 했잖아."

도래솔의 말에 맨디는 눈을 굴리더니 말한다.

"그래도 한 명도 보지 못했다는 게 이상해."

도래솔과 나는 서로 보며 그 문제를 생각한다. 둘 다 답을 말하지 못한다.

"나도 이상한 게 있어."

내가 말한다.

"지난번 세상에서 킬이 미르를 찾아가라고 했잖아. 여기에도 미르가 있는 걸까?"

"있지 않을까?"

도래솔이 말하자 맨디가 덧붙인다.

"미르난데는 용이 사는 세상이니까."

정말 그럴까? 미르난데의 미르는 이 세상의 중재자다. 이제껏 최후의 결전에서 승리를 결정하거나 안개 도시에서처럼 흥분한 나를 진정시킬 때만 모습을 드러냈다.

그런데 지난 세상에서 킬은 방랑자에게 휘둘리는 와중

에 미르를 찾아가라고 했다. 그건 미르가 이곳에 존재한다는 뜻이다. 화성의 미르난데에는 미르가 직접 등장하는 걸까? 아니면 보르헤아 왕국의 아이스릴처럼 다른 존재로서의 용인 걸까?

대화는 더 이어지지 못한다. 아래로 내려온 말들이 다시 달리기 시작해서다. 한 시간 정도 달리자 도시가 나타났고 우리는 그곳을 관통한다. 역시나 사람은 보이지 않는다.

나는 이 세계를 파악하려 애쓴다. 이곳이 지구의 미르난데가 아니라는 건 안다. 여기는 크롤과 마법사, 여왕과 절대 악이 있는 세상이 아니다. 그곳과는 다른 세상이다.

우리가 모르는, 그들이 있는 세상.

미르난데는 이번에도 예측하지 못할 방향으로 이야기를 이끌고 있다. 나는 미르난데의 의도가 궁금하고 이 이야기의 끝에 무엇이 있을지 궁금하다. 우리가 완주하면 그의 계획을 알게 될까?

말들이 갑자기 달리기를 멈춘다. 둘러보니 길이 세 갈래로 갈라지고 말들이 그 앞에서 빙글빙글 돈다.

맨디가 당황해 어쩔 줄 모른다.

"얘네가 왜 이러는 거지?"

나는 길을 살피다 갈기 속에 손을 넣어 말을 쓰다듬는다.

"우리가 길을 선택해야 하는 거니?"

말이 크르르 소리를 내더니 도는 걸 멈추고 길가의 풀 냄새를 맡는다. 먹을 수 있는지 알아보려는 듯이.

나는 친구들에게 말한다.

"이제 우리가 선택할 시간이야."

우리는 어느 길을 선택할지 의논한다. 오른쪽에는 산이 있고 그 너머 산맥과 이어지는 듯하다. 왼쪽에도 산이 보이지만 그 너머에는 아무것도 없다.

그리고 가운데 곧게 뻗은 길, 그쪽은 산이 없지만 뿌옇다. 짙은 안개가 감싸고 있는 듯이. 그 너머로 기다란 게 보인다. 하늘을 향해 솟은 거대한 탑 같은 것이다.

도래솔이 그것을 주시하며 말한다.

"지난번에 들어왔을 때 산맥 너머에 있는 저걸 봤어. 저건 암시인 것 같아. 우리가 상대해야 할 그들이 저기에 있는 거야."

도래솔의 말에 맨디가 동의한다.

"맞아, 우리는 저쪽으로 가야 해."

나는 머뭇거리다 말한다.

"우리가 지금 그들을 만나는 게 옳은 선택일까?"

도래솔이 나를 돌아본다.

"우리의 최종 목표는 그들이야. 어차피 만나게 되어 있어."

나는 반발한다.

"우리는 아직 준비가 안 됐어."

맨디가 나를 살피더니 말한다.

"그럼 어떻게 하자는 건데?"

나는 뭐라고 말해야 할지 고민하다가 느긋하니 풀을 뜯는 말을 본다. 킬이 했던 말을 떠올리고는 말의 귓가에 속삭인다.

"우리를 미르가 있는 곳으로 데려가줄래?"

밤이다. 우리는 숲속 길을 걷고 있다.

말들은 우리를 태우고 높지 않은 산을 넘었다. 그러는 동안 길이 좁아졌고 빽빽한 숲속으로 이어졌다. 그래도 길이 끊기지는 않아서, 말들이 우리를 제대로 안내하는 거라 짐작한다.

숲을 나오니 어둠에 잠긴 평원이 나타났고 하늘에는 두 개의 달이 모두 떠 있다.

불빛이 보인다. 앞쪽에 펼쳐진 벌판 한가운데 선 건축물에서 나오는 불빛이다. 말들이 우리를 그쪽으로 데려간다.

가까워질수록 그 실체를 확인한다. 장방형의 밑단이 위로 갈수록 좁아지는 건물인데, 외벽에 나선형의 계단 같은 게 위로 이어져 있다. 고대의 지구라트 같기도 하고 기하학적인 미래의 건물 같기도 하다.

꼭대기 첨탑에는 빛을 밝힌 구가 달려 있고 그 주위를 작은 구 두 개가 돌고 있다.

"저 꼭대기 말이야."

도래솔이 말한다.

"저거 꼭 X 구역에서 본 것 같지 않아? 크레이터로 내려갈 때 유리 벽 안에 있던 거."

맨디가 갸우뚱하며 말한다.

"아닌 것 같은데? 그건 저렇게 빛나지 않았어."

도래솔이 긴가민가하며 입을 다문다.

"아니, 맞는 것 같아."

내가 말한다.

"그때 우리는 저 윗부분만 봤던 거야. 내 생각에, 저건 화성과 위성들인 것 같아."

"말 된다. 진짜 그런 것 같은데?"

"포보스와 데이모스!"

친구들이 감탄하지만, 나는 의심스러운 생각이 든다.

우리가 X 구역에서 본 구조물이 왜 미르난데에 등장하는 거지? 미르난데가 화성을 바탕으로 이야기를 만들었기에 배경으로 활용하는 걸까?

말들이 건물 앞에 멈춘다. 우리가 내리자 말들은 할 일이 끝났다는 듯 바닥의 풀을 찾아 뜯는다. 우리는 건물을 한 바퀴 돌아보고 입구를 발견한다. 묵직한 돌로 만들어진 다각형의 문인데 활짝 열려 있다. 그 안쪽은 시커멓다.

"건물 전체가 캄캄해."

맨디가 긴장한 목소리로 말한다.

"안에서 뭐가 튀어나올 것 같아. 진짜로 저기 들어갈 거야?"

나와 도래솔도 긴장하지만, 우리는 대꾸하지 않고 입구로 들어간다. 맨디가 마지못해 따라 들어온다.

불빛 하나 없는 공간. 그러나 위쪽에서 달빛이 여러 갈래로 쏟아져 들어와 주위를 구분할 수 있다. 한쪽에 다각형 문들이 있고 위로 올라가는 경사로도 보인다.

맨디가 말한다.

"이제 우리 어떻게 해야 해?"

도래솔이 아무 말 하지 않기에 내가 대신 말한다.

"미르를 찾아야지."

"여기는 용이 사는 곳처럼 보이지 않는데⋯⋯. 미르는 어디에 있는 걸까?"

도래솔의 말에 맨디가 받아친다.

"초인종부터 찾아볼까?"

도래솔과 나는 실없이 웃음이 터진다.

나는 문득 걸음을 멈추고 말한다.

"잠깐만, 들어봐."

두 사람이 웃음을 멈추고 귀를 기울인다.

소리가 들린다. 멀리서 들리지만 분명 이 건물 안에서 들리는 소리다.

우리는 서로 고개를 끄덕이고 소리를 따라간다. 경사로를 올라가고, 긴 복도를 지나고, 다시 이어진 경사로를 올라간다. 그러는 동안 소리가 가까워지고 이내 익숙한 소리라는 걸 깨닫는다. 새매의 울음소리, 용의 울부짖음 그리고 창칼이 부딪치는 소리다.

복도 끝에 돌문이 열려 있고 그 안에서 빛이 새어 나온다. 저곳에서 나는 소리다. 저 안에 우리가 만나야 할 존재가 있는 걸까?

우리는 소리 죽여 다가가 방 안을 훔쳐본다.

천장에서 쏟아지는 한 줄기 빛으로 인해 가운데만 밝고

주변이 어두운 방이다. 벽에는 처음 보는 기계가 가득 서 있어 그로테스크한 느낌을 준다.

빛 속에 한 남자가 서 있다. 붉은 피부에 근육질의 남자.

강인한 눈빛의 그는 목과 가슴, 팔다리에 수많은 전선이 연결되어 있다. 기다란 전선으로 감싸인 그는 마치 전위적인 드레스를 걸친 것 같다. 전선은 바닥에 어지럽게 깔려 벽의 기계와 연결되어 있다.

남자의 얼굴 주위에는 영상이 펼쳐지고 있다. 홀로그램인가 싶지만 아니다. 빛 속에 드러난 먼지 같은 입자들이 부유하며 형체를 만들어내는 입체 영상이다. 실체가 있는 환영이랄까. 소리는 환영에서 들려온다.

우리가 아이스릴과 대결하던 장면이 펼쳐지고 있다. 꿈꾸는 여왕의 왕국에서 아이스릴과 마지막 대결을 하던……. 아니, 같은 상황이지만 전투의 전개가 다르다.

영상 속의 새매는 눈과 얼음을 내뿜는 아이스릴을 피하며 수많은 나비 떼가 된다. 아이스릴이 주춤하는 사이 어둠으로 변해 그의 얼굴을 가려 혼란에 빠뜨린다. 다시 새매로 변하더니 드래건을 강으로 유인한다.

대체 무슨 상황인지 이해가 안 된다. 분명 우리가 겪은 상황이지만 차이가 있다. 저건 편집된 영상일까? 아니면…….

나는 뒤늦게 상황을 파악한다. 정체불명의 저 남자는 지금 새매가 되어 싸우는 중이다. 그 과정이 주위 허공에 환영처럼 펼쳐지는 것이다.

남자는 공격할 때면 눈을 부릅뜨고, 아이스릴의 공격을 피할 때마다 자세를 바꾸며 근육을 움찔거린다. 전투를 온 몸으로 느끼며 신음까지 터뜨린다. 그는 환영 속에서 새매와 도래솔과 섀도가 되어 우리의 능력으로 드래건을 상대하는 중이다.

대결의 양상은 우리가 겪은 대로 흘러가지 않는다.

새매는 아이스릴을 강에 빠뜨려 얼게 하지만, 이번에는 아이스릴이 화룡으로 변한다. 화룡은 꽁꽁 언 강을 녹이고 날아오르며 화염을 내뿜는다. 날개에 불이 붙은 새매가 거친 날갯짓으로 불을 끄지만, 그사이 화룡이 앞발로 새매를 낚아챈다. 벗어나려고 발버둥 치는 새매의 두려움이 전해진다.

화룡이 무자비하게 새매를 움켜쥔다.

남자가 털썩 무릎을 꿇고 고통스레 몸을 떤다. 영상은 재가 되어 흩어진다. 끝났다. 그가 졌다. 방 안에 정적이 내려앉고 그의 거친 숨소리만 들려온다.

잠시 후 남자가 자신을 추스르고 일어서며 말한다.

"들어오라, 숨어 있지 말고."

우리는 깜짝 놀라 서로를 보다 이내 고개를 끄덕인다. 어차피 만나야 할 상대다.

우리가 들어가자 그가 여전히 강인한 눈빛으로 우리를 살핀다.

"기어이 왔군, 새매와 친구들."

나는 그에게 적의가 없음을 확인하고는 말한다.

"아까 그건 뭐였죠?"

"자네들이 보헤안 여왕의 성에서 적을 상대한 방식으로 모의 전투를 치른 것이다. 자네들의 협공은 효과적이었지. 하지만 나의 적은 이번에도 그것에 대응했고 나는 이길 수 없었다."

그가 나를 주시한다. 어떤 희망 또는 간절함이 깃든 눈빛이다.

"내가 아닌 자네들이었다면 적을 이겼을까?"

그가 어떤 의미로 묻는 건지 알 수 없다. 그러나 나는 다시 미르난데에 감탄한다. 이곳 세상은 지구에서의 미르난데와 연결되어 있다. 미르난데는 또다시 우리가 알지 못하는 방향으로 이야기를 끌고 간다. 그 끝이 어디인지는 모르겠지만.

그가 한쪽 협탁으로 걸어간다. 다각형의 오목한 협탁에는 구슬 몇 개가 놓여 있는데, 그가 두 개를 들어 손가락 사이로 굴리고 부딪친다. 그러자 몸에 붙어 있던 전선이 떨어져 나와 벽 기계 속으로 사라진다.

저 구슬은 마법 구슬인 걸까? 아니면 내가 알지 못하는 어떤 제어장치일까?

나는 그에게 말한다.

"당신은 누구세요?"

그가 어깨를 펴고 턱을 세우더니, 자부심 깃든 목소리로 말한다.

"나는 스르암의 군인이며 과학자이며 정치인 미르다. 내 사랑하는 아내 묘이올의 남편 미르이며, 나의 세 딸 세 아들의 아버지 미르다."

그는 잠시 우리를 주시하더니, 기어이 감격스러운 눈빛으로 말한다.

"그리고 오랫동안 자네들을 기다려온 전령 미르다."

문명 파괴자

미르는 우리를 꼭대기 층으로 안내한다.

장방형의 벽이 천장으로 갈수록 좁아지는 방인데, 벽마다 우리가 읽을 수 없는 문자가 빼곡하게 장식되어 있다. 가구는 없고 아까 본 것 같은 다각형의 협탁이 있을 뿐이다. 그 안에 여러 색깔의 크고 작은 구슬들이 놓여 있다.

내 생각에 저것들은 마법 구슬이 아니다. 미르가 사용하는 어떤 제어장치다.

미르가 그 앞에 서며 우리를 돌아본다.

"각 지역의 전령들로부터 소식을 들었다. 새매와 친구들이라는 영웅이 우리 세상에 나타났다고. 자네들이 만난 전령은 누구였나? 루미? 아니면 롤?"

우리는 서로 눈치를 본다. 도래솔이 말한다.

"킬이요."

"그렇군. 시끄럽기는 해도 충직한 녀석들이지."

"킬은 우리에게 미르를 만나라고 했어요. 왜죠?"

내가 묻자, 그가 나를 향해 몸을 돌린다.

"우리는 기다려왔으니까. 우리 세계를 변화시키고 스르 암을 구할 이가 오기를."

"우린 여기가 어떤 곳인지도 몰라요."

내가 이어 말한다.

"또 여기서 무슨 일이 벌어지고 있는지, 우리가 뭘 해야 하는지도 모른다고요."

미르가 협탁에서 구슬 두 개를 들어 손가락 사이로 굴린 다. 그러자 바닥이 올라오며 여러 개의 큐빅으로 조각난다. 큐빅들은 개인용 의자 세 개로 재조립된다.

미르가 의자를 가리킨다. 우리가 앉자, 그가 우리 앞에 다가와 선다.

"이곳 상황에 대해 지금부터 나 미르가 설명해줄 것이 다. 나는 절멸해가는 세상에서 자네들이 오기를 기다렸으 니까. 다른 세상에서 온 이에게 '그들'에 대한 정보를 전하 는 것이 나의 마지막 임무니까."

비장한 눈빛과 목소리다. 그는 굳건하게 선 채 말한다.

"우주에서 생명이 생겨나는 별은 바닷가의 한 줌 모래알

보다 적고 그중에서 문명을 일으켜 꽃피우는 행성은 훨씬 더 적다. 과학 문명을 건설한 종족은 헤인*의 손길과 헤인이 뿌린 씨앗이 있었기에 가능했고 우리 역시 그렇다."

미르는 잠시 말을 끊고 우리를 본다. 우리가 집중하고 있다는 걸 확인하고는 말을 잇는다.

"이곳은 스르암이다. 태양계의 네 번째 행성인 스르암은 헤인인의 은혜로 문명을 일으키고 과학을 발전시킬 수 있었다. 그것을 동력 삼아 행성 밖으로 진출했고 행성계 밖으로 나아갈 단계까지 이르렀다. 우리는 태양계를 탐사했고 다른 행성에 문명의 씨앗을 나눠주기도 했다. 그것은 우리가 평화와 공존을 지향하고 과학이 인간을 진보시킬 수 있다고 믿기 때문이다. 그렇게 우리는 이 행성계에서 살아왔다. 그러다 그들이 찾아왔다."

도래솔이 어정쩡하니 손을 든다. 미르가 돌아보자, 도래솔은 눈치를 보며 말한다.

"그들에 대해서는 우리도 들었어요. 대체 그들이란 누구를 말하는 거죠?"

* 어슐러 K. 르 귄의 SF 세계관에 등장하는 외계 종족. 고대에 초월적 문명인 헤인인들이 여러 행성계에 문명의 씨를 뿌렸다.

"많은 이름으로 불린다."

미르가 말한다.

"우리는 그들을 문명 파괴자 혹은 행성 파괴자라 부른다. 그들은 지금 우리의 문명을 절멸 상태로 몰아가고 있고 결국 이 행성 스르암을 파괴할 테니까."

그들. 우리가 상대해야 할 존재. 그들은 우리가 상대한 절대 악 같은 존재가 아니다. 이번에는 아예 외계에서 온 적인가 보다.

미르가 계속 말한다.

"그들은 어느 날 갑자기 찾아왔다. 우리의 과학 기술은 자랑할 만하고 태양계 전체를 관찰하고 있었지만 우리는 그들이 태양계로 들어오는 걸 눈치채지 못했다. 그들은 실체가 없기 때문이다."

맨디가 자기도 모르게 소리친다.

"그게 무슨 말이에요? 유령도 아니고 실체가 없다니?"

"그것은 그들이 성간가스 형태로 왔기 때문이다. 성간 매질이라고밖에 설명할 길이 없는 그들은 거대한 힘을 가진 에너지체였다. 나중에 알게 된 사실이지만, 그들은 일찌감치 태양계에 들어와 여덟 행성을 탐사하며 지능을 가진 종이 있는지 찾고 있었다. 그들에게는 일정 수준의 문명을 가진 종족이 필요했거든. 그들은 내행성들에서 인간이라는 종을 찾아냈지만 그들을 무시했다. 인간에게 지능이 있기는 했지만 아직 동굴에 사는 수준이었으니까."

나는 그들이 찾아온 때가 지구의 나이로 어느 때인지 가늠해본다.

"이어 그들은 스르암을 발견했다. 우리의 문명은 정확하게 그들이 찾는 수준이었기에, 그들은 스르암의 두 위성 사이에 자리 잡고 우리가 포착할 수 있는 전파 신호를 보내왔다. 신호를 해석한 우리는 그것이 수학 공식이며 우리 세계에서 만들 수 있는 통신 장비의 밑그림임을 알게 됐다. 우리는 그것을 건설해 지상으로 내려온 그들과 대화했고 그들의 실체를 알게 됐다. 그들이 오랜 역사를 가진 종족이고 최고의 과학 문명을 이룩했으며 나아가 육체를 초월해 하나의 사념체(思念體)로 진화한 존재라는 것을…… 그들은 3단계의 초고도 문명인*이었다."

* 러시아 천문학자 니콜라이 카르다쇼프의 '진보된 외계문명 분류법'에 따르면, 외계 문명은 '에너지 소비량'을 기준으로 세 단계로 나눌 수 있다. 1단계 문명: 행성에 도달하는 모든 태양에너지를 활용하는 단계. 2단계 문명: 태양의 모든 에너지를 활용하는 단계. 3단계 문명: 항성계 전체의 에너지를 활용하는 단계. 외계 문명 분류법에 의하면 현재의 지구는, 지표면에 도달하는 태양에너지를 이제 막 상용화하려는 1단계가 채 되지 못한 문명 단계다.

나는 그들이 어떤 존재인지 상상해보려 애쓴다.

"그들은 우리에게 제안했다. 자신들의 일원이 되라고. 자신들과 하나가 되어 영원을 살자고. 함께 은하를 가로질러 공간을 여행하자고 말이다. 그건 우리가 육체를 버리고 그들의 일부가 되어야 함을 의미했기에, 우리는 그들의 제안을 거절했다. 우리는 육체와 고향 행성을 사랑했으니까……. 그러자 그들은 다른 제안을 해왔다. 대결을 하자고. 대결에서 우리가 이기면 그들은 우리에게 항성 간 여행이 가능한 기술을 주겠다고 했다. 그러나 대결에서 진다면 우리는 그들의 일부가 되어야 한다."

그가 잠시 말을 끊고 숨을 고른다. 그때의 기억을 떠올리는 듯하다.

"우리의 지도자들은 그 문제를 논의했다. 자네들도 알다시피, 항성 간 여행은 문명을 이룬 모든 종족의 최종 목표이기에 그것은 너무 큰 유혹이었다. 하지만 우리는 결국 그들의 제안을 거절했다. 대결을 원치 않았으니까. 우리는 평화를 사랑하는 종족이거든. 그쯤 되자 그들은 다른 제안 대신 자신의 힘을 보여주었다. 스르암과 거대한 레팁(Retip) 사이에 있는 소행성대에서 소행성 하나를 끌어와 떨어뜨렸다. 도시 하나가 하루아침에 파괴됐고 결국 우리는 대결을 받아들일 수밖에 없었다."

그가 다시 말을 멈춘다. 당시의 기억에 고통스러워하는 것 같다.

우리는 말없이 기다리고, 미르가 말을 잇는다.

"그들은 우리를 존중해 선택권을 주었다. 우리가 원하는 방식으로 대결할 수 있도록 말이다. 그러나 우리는 패배했고 패배했고 계속 패배했다. 지금도 전장에서 그들과 대결하고 있지만 계속 패배하는 중이다. 패한 자들은 그들의 일부가 되었고 그것을 거부한 이들은 방랑자가 됐다. 방랑자는 육체 없이 살지도 죽지도 못하는 존재가 되어 떠돌고 있고……. 이것이 나 미르가 말해줄 수 있는 그들의 실체다."

진짜 같으면서도 믿을 수 없는 이야기다. 맨디가 감탄하듯 말한다.

"그런 적들이, 아니 그런 외계인이 진짜로 있다는 거예요?"

내가 발로 툭 치자 맨디가 입을 다물고, 대신 도래솔이 말한다.

"나는 이해가 안 돼요. 사실 하나도 못 믿겠어요. 그들이 초고도 문명인이라면 왜 그런 제안을 한 거죠? 왜 결투 신청 같은 걸로 여기 사람들이 이길 수 있는 기회를 주느냐고

162

요.”

맞는 말이다. 그들이 항성계 전체와 맞먹는 힘을 가졌다면 이 세계를 손쉽게 정복할 수 있을 것이다. 그런데도 정당한 대결을 제안한다는 건 너무 작위적이다.

미르가 말한다.

“그건 자네들 그리고 우리의 사고방식이다. 행성에 발을 딛고 살아가는 종의 ‘울타리를 벗어나지 못한’ 사고 체계지. 말했지만 그들은 우리를 뛰어넘은 지적 생명체이자 초고도 문명체다. 그들은 우리의 한계를 뛰어넘는 논리를 가지고 있고 그것으로 우주를 가로지르며 일정 수준의 문명을 흡수해왔다. 지적 문명인의 지능이 그들의 에너지원이자 확장의 동력이기 때문이다. 그들은 그런 식으로 다음 문명을 찾아 은하를 가로지른다. 그렇게 우리한테까지 온 것이다.”

그는 우리의 반응을 살피더니 강조하듯 말한다.

“그들은 자신들의 일부가 되는 건 진화의 마지막 단계라고 했다. 그들과 함께하면 시공간은 무의미해지고 영생하며 우주의 근원과 그 끝을 볼 수 있다. 신적 존재가 되는 것이다. 그런 그들은 우리에게 대결이라는 형태로 기회를 준 것이다. 그들에게 결투나 전쟁은 이미 의미가 없지만, 우리를 존중했기에 그런 식으로 제안한 것이다. 대결이란, 그들의 방식이 아니고 우리가 할 수 있는 선택이니까."

이번에는 내가 말한다.

"그렇다면 여기 사람들은 계속 패배하면서도 왜 여전히 그들과 대결하는 거죠?"

"우리 역시 그들을 존중한다."

미르는 무겁고 단호하다.

"우리는 초고도 문명의 일부가 될 것인지를 두고 오랫동안 논의했다. 그리고 거절을 선택했다. 이유는, 그들이 자신의 논리를 우리에게 강요하기 때문이다. 아무리 우리에게 영생을 보장하고 우주의 비밀을 확인할 기회를 준다 하더라도 그건 스스로의 선택이어야 한다. 그렇지 않은 강요는 폭력이고 우리의 정체성과 존재 이유를 부정하는 것이다. 우리는 그 폭력성에 대항하기로 한 것이다."

혼란스럽다. 이건 내 이해를 넘어선 전쟁이다. 두 문명체가 각자의 존재 이유를 두고 벌이는 대결. 지난번 킬과의 대화가 떠올랐다. 네가 뭐라고 세상을 구한다는 거지? 또 세상을 구한다는 의미는 뭔데?

비로소 내가 얼마나 작디작은 존재인지 깨닫는다.

문득 진동이 느껴진다. 작은 진동이 점차 커진다. 방 전체가 흔들릴 정도다.

　나는 놀라 친구들을 보고 미르를 돌아본다. 그의 긴장한 표정을 보니 뭔가가 잘못됐다는 걸 알 수 있다.

　무언가, 이쪽으로 오고 있다.

초대

미르가 다각형 협탁으로 쫓아갔다. 그는 구슬 세 개를 들어 다급히 손가락 사이로 굴린 다음 부딪친다. 그러자 사위가 어두워지며 사방의 벽이 투명해진다.

바깥 풍경이 보인다. 우리가 왔던 벌판과 숲과 그 너머의 산이 어둠 속에 펼쳐져 있다. 아래에서 풀을 뜯던 말들이 놀라 달아나는 게 보인다.

뭔가가 더 있다.

산 위에서 넘어오는 무엇이다. 무거운 연기 같은 게 산마루에서 아래로 밀려 내려오고 있다. 숲 사이로 새어 나와 바닥에 깔려 벌판을 가로지른다. 그것이 가까워질수록 진동이 더 커진다.

당황한 맨디가 소리친다.

"뭐예요, 저건?"

"'그들'이 보낸 전령이다."

미르의 말에 우리는 서로를 보기만 한다.

나는 그것을, 형체가 없는 전령을 지켜본다. 우리가 있는 곳까지 밀려온 그것이 건물을 휘감는다. 계속 몰려오면서 쌓이고 두터워진다. 외벽을 타고 올라온 그것이 우리가 있는 방까지 높아진다.

방은 외벽에 몰아치는 전령이라는 존재로 둘러싸인다. 기체의 존재 안에서 번개 같은 게 소리 없이, 그러나 규칙적으로 번쩍인다.

그것을 본 미르가 말한다.

"그들은 자네들이 온 걸 알고 있다. 우리가 아는 것처럼 그들도 알게 된 것이다."

우리가 이해하지 못하자 그가 설명한다.

"대결은 오랫동안 계속됐고 우리는 그들과 대화하는 법을 배웠다. 저 번쩍이는 번개는 우리의 신호 체계를 형상화해 보여주는 것인데……."

미르가 전령 속의 번개를 지켜보더니 말한다.

"저 전령은 메시지를 가지고 왔다."

"어떤 메시지요?"

도래솔이 말하자, 미르는 무거운 눈빛으로 입을 닫는다.

친구들이 짐작하고는 벌떡 일어선다.

"지금 우리가 저들을 상대해야 하는 거군요!"

미르가 손을 들어 두 사람을 진정시킨다.

"저들은 대결을 위해 온 것이 아니다. 저들은 자네들 중
하나와 대화하고 싶어 한다, 저들의 방식으로……. 하지만
그 전에 자네들은 먼저 선택을 해야 한다."

"선택이라뇨?"

내가 묻자 그가 나를 돌아본다. 희망과 죄책감, 연민이
뒤섞인 눈빛이다.

"이 세상은 영웅이 필요하고 우리는 오랫동안 그를 기다
려왔다. 하지만 그에게 우리를 위해 싸워달라고 강요할 수
는 없다. 영웅 스스로의 선택이어야 하지. 그것이 우리가
영웅을 존중하는 방식이다. 또한 우리는 안다. 그들 역시
영웅을 존중할 것이고 그들은 영웅이 원하는 방식으로 대
결할 것이다. 만약 자네들이 그들과의 대결에 임하기로 한
다면, 그 대결에서 이긴다면, 우리의 세상은 존속될 것이고
자네들은 스르암을 구한 영웅으로 추앙받을 것이다. 하지
만 대결에서 진다면…… 그건 자네들 역시 그들의 일부가
되어야 함을 의미한다."

전율이 온몸을 훑고 지나간다. 그들의 일부가 되어야 한

다고? 나를 버리고? 그게 어떤 것인지 상상도 하기 싫다.

내 표정을 읽은 미르가 말한다.

"그렇기에 자네들은 먼저 선택을 해야 한다. 우리는 강요하지 않을 것이며 그들도 그럴 것이다. 대결을 바라지 않는다면 자네들은 다시 그대들 세상으로 돌아갈 것이다."

미르는 우리와 일일이 눈을 마주치고, 우리가 이해했다는 걸 확인한 다음 말한다.

"이제 나 미르가, 그들의 전령이 그대들의 선택을 기다린다."

나는 바깥에 몰려 있는 전령을 본다. 그들은 여전히 번갯불을 번뜩인다, 우리의 결정을 재촉하는 듯이.

맨디와 도래솔이 내게 고개를 끄덕인다. 우리의 대답은 정해져 있기에, 나는 미르에게 말한다.

"그들과 대화하겠어요, 내가요."

"확실한가? 지금이 자네들이 거부할 수 있는 마지막 기회다."

나는 그를 직시하며 고개를 끄덕인다.

그가 말없이 나를 주시하고, 역시 고개를 끄덕인다.

"새매가 전령과 대화하겠다고 전하겠다."

미르가 구슬 네 개를 들어 양손의 손가락 사이로 굴리더니 박자에 맞춰 서로 부딪친다. 그에 따라 방 안이 파란 불빛으로 번쩍인다. 규칙적으로. 내 대답을 시각화한 것이다.

그에 호응하듯, 바깥 전령의 번갯불이 사그라진다.

전령이 먹구름처럼 짙어진다. 투명해진 벽 주위를 인위적으로 도는 듯하더니 한 줄기가 방 안으로 들어온다. 마치 투명 벽 한 곳이 뚫린 듯이 스며들어온다.

곁에서 미르가 말한다.

"자네와 대화하려는 거다. 저들에게 몸을 맡기라."

나는 대꾸 없이 들어온 전령을 주시한다.

한 줄기 드라이아이스처럼 밀려온 전령이 나를 살피는 듯 움직인다. 퍼졌다가 모이면서 내 주위를 돌더니, 내가 겁먹지 않게 천천히 나를 감싸기 시작한다. 내 몸을 둘러싸고 마지막으로 내 얼굴을 뒤덮는다.

눈앞이 깜깜해지고 정적에 사로잡힌다.

어둠 속에서, 작은 소리가 들려온다.

숨소리다. 내 숨소리.

빠르게 뛰는 내 숨소리 외에는 아무 소리도 들리지 않는다. 아무것도 보이지 않는다. 내 두 손조차 확인할 수 없다.

완전한 암흑 속에서 나는 기다린다. 뭔가가 나타나기를.

거대한 존재가, 진화의 궁극에 도달한 존재가 내게 말을 걸어오기를……. 그러나 아무 일도 일어나지 않는다.

한순간.

거리를 가늠할 수 없는 어둠 속에서 뭔가 폭발한다. 그 충격으로 뒤로 밀려난다. 느낄 수 있다, 아주 짧은 시간 동안 엄청난 속도로 밀려나는 것을. 완전한 암흑과 함께 팽창하는 것을. 그 찰나에 내 머릿속에 떠오르는 건 이것뿐이다.

빅뱅과 인플레이션*.

누가 알려주지 않아도, 처음부터 알고 있었다는 듯 나는 안다.

폭발로 인해 암흑 속에서 수소와 헬륨이 만들어진다. 고밀도와 고온 속에서 빛이 빠져나온다. 입자들이 충돌해 핵융합이 일어난다. 잔해가 부딪치고 뭉쳐져 별이 만들어진다. 별이 자라난다. 별이 죽는다. 어떤 별은 블랙홀이 된다. 다른 별은 초신성으로 폭발한다. 그 속에서 다시 별이 탄생한다. 별들이 모여 항성계를 이룬다. 성단이 된다. 은하가 된다.

---

* 물리 우주론에서 우주가 평탄한 이유를 초기 우주의 기하급수적 팽창으로 설명하는 이론. 빅뱅이 시작되고 아주 짧은 시간 동안 급팽창해 현재 우주의 평형을 이루었다.

그 모든 과정이 내 앞에서 펼쳐진다.

138억 년 우주의 시간이 내 눈앞에서 흘러간다.

엄청난 시공간 속에서 나는 쿼크만 한 존재로 이리저리 튕긴다. 빛의 속도로 수십 광년 밀려나고, 별들의 중력에 사로잡혀 당겨지고, 다시 중력파에 밀려 먼 공간을 날아간다.

눈앞에서 흘러가는 시각적 광경에 압도된 나는 들리지 않는 비명을 내지른다. 추락하지 않으려 팔다리를 바둥대고 숨을 내쉬려 입을 벌려 허파를 부풀린다. 하지만 내가 있는 곳은 진공의 공간이다.

나는 방향 없이 관성으로 계속 날아가고, 숨 쉴 수 없다는 공포에 사로잡히고, 영하 270도의 냉기에 세포 하나하나가 얼어붙는 걸 느낀다.

충격과 공포를 외면하려고 눈을 질끈 감는다. 태아처럼 웅크린다. 벌벌 떨면서, 이를 부딪치면서, 숨을 내쉬려 애쓰면서 나 자신을 놓치지 않으려고 한다.

끝내 울음을 터뜨린다. 이건 불공평해. 난 열일곱 살짜리 아이일 뿐이야. 나는 감당할 수 없어. 이건 인간이 감당할 수 있는 광경이 아니야. 눈이 멀 것 같아. 뇌가 터져버릴 것 같아. 왜 내게 이런 걸 보여주는 거야. 너무 추워. 숨을 쉴 수가 없어. 여기서 나갈래. 날 꺼내줘. 죽을 것 같단 말이야…….

그제야 비로소 파란 고래를 떠올린다.

나는 다른 우승자들을 기억한다. 텅 빈 얼굴의 참가자들. 이것이 두 번째 세상의 미션인 거다. 인간이 차마 감당하지 못할 광경을 견디는 것. 누구도 경험하지 못한 정신적 충격을 견뎌내야 하는 것이다.

견뎌내지 못하면 나 역시 그들처럼 될 것이다.

나는 반항해보기로 한다.

벌벌 떨면서, 관성으로 날아가면서, 숨을 내쉬려 허우적대면서 나를 놓치지 않으려 애쓴다. 발악한다. 지지 않을 거야. 그들처럼 되지 않을 거야. 미르난데의 감당 못 할 체험이 나를 놔버리게 두지 않을 거야. 다시 되뇌어, 속삭여. 지지 않을 거야. 다시 되뇌어, 소리 질러. 미르난데가 나를 놔버리게 하지 않을 거야!

시간이 얼마나 흘렀을까. 일 분? 한 시간? 하루? 한 주? 일 년? 시간의 흐름을 느끼려 하지만 그럴 수 없다. 나는 계속 우주를 가로지르는 중이다.

그럼에도 여전히 숨을 쉬고 있다. 더는 소리 지르지 않고 몸을 떨지도 않는다. 나는 내 거친 숨소리를 들을 수 있고, 여전히 냉기를 느끼지만 견딜 수 있을 정도다. 최악의

순간은 지나간 걸까? 눈을 떠볼까? 시각적 충격을 견딜 수 있을까?

용기를 내 눈을 뜬다.

나는 내쉴 수 있는 숨을 다시 멈춘다. 다시 압도된다. 눈앞에 펼쳐진 우주에.

138억 년이 흐른 뒤 안정화된 우주다. 눈앞에는 행성들이, 고개를 돌리자 항성들이, 그 너머에는 성단이 펼쳐져 있다. 그 사이에 내가 있다.

나는 팔을 내저어 관성을 멈춘다. 부유하듯 떠서 다시 주위를 본다. 위아래가 없는 공간을. 나를 감싸고 펼쳐진 우주를.

시각적 충격은 이제 경이로움으로 바뀐다. 가까운 별의 온기가 느껴진다. 더는 춥지 않다. 저 백 광년 떨어진 곳에서 주황색과 보라색으로 피어나는 이름 모를 성단을 볼 수 있다. 눈앞에 펼쳐진 이 우주는 그들이 건너온 공간일까?

경이로움에 매료되어 강렬하게 끌린다. 이 우주를 계속 나아가고 싶다고. 그들이 보는 것을, 그들이 발견하는 것을, 그들이 만나는 모든 지적 생명체를 만나고 싶다고.

나도 모르게 눈물이 난다. 눈물은 뺨을 타고 흘러 138억 년 전 출발한 빛을 받아 반짝인다.

내 눈물을 발견한 성단이 반응한다. 별들 너머에 펼쳐진 성단이 우아하게 두 박자 만에 자신의 형태를 바꾼다. 두 눈이다. 처음 보는 외계 종족의 눈임을 알 수 있다. 저건 우주에서 가장 먼저 탄생했던 지적 생명체의 눈이다. 그들은 저 종족을 만났던 걸까?

두 눈이 호기심으로 나를 주시하더니, 다시 형태를 바꾼다. 두 박자 만에. 이번에는 입이다. 은하 변방의 태양계 세 번째 행성에서 태어난 인간이라는 종족의 입. 주황색과 보라색의 성단이 만들어낸 입이 말한다.

— 138억 년 시간을 버텨온 자여, 자기 세상을 떠나 다른 세상에 도착한 이여. 당신을 대결의 장으로 초대한다.

백 광년을 건너온 빛의 목소리가 충격파로 나를 관통한다. 나는 온몸이 떨리는 걸 느끼지만 다시 충격에 빠지지는 않는다.

— 우리의 초대를 받아들이겠는가?

나는 입 모양의 성단을 주시하고, 그 아름다움과 그 너머에 존재하는 그들을 생각한다.

나는 내가 어떻게 답해야 할지 안다. 내가 말한다.

"당신들의 초대를 받아들일게."

트로이목마

한나는 화요일에야 스팸문자를 확인했다. 미르난데가 끝나고 이틀을 내리 잤기 때문이다.

이번에는 첫 번째 세상보다 더 힘들었다. 충격을 기억하는 몸이 계속 경련했고 한나는 빅뱅과 인플레이션의 경험에서 헤어 나오지 못했다. 몸이 계속 늘어지고 피곤해서 일요일에는 먹는 것도 거르고 온종일 자야 했다. 피로는 화요일이 되자 거짓말처럼 사라졌다.

문자는 아빠가 보낸 것이었고 급하게 만나자는 내용이었다.

두 분이 방법을 찾은 것이다. 지난번에 헤어질 때, 아빠는 아이들이 준 정보를 토대로 조사해보겠다고 했다. 이렇게 미르난데가 끝나자마자 만나자고 하는 걸 보면 엄마 아빠가 뭔가 찾아낸 게 분명하다.

한나는 친구들을 깨워 함께 아침을 두둑이 먹은 다음 호텔을 나섰다. 지난번처럼 미행이 없다는 걸 확인한 뒤 약속 장소로 향했다.

이번에는 크레이터 공원이 아니었다. 한나가 시내를 둘러보던 날 아빠를 만난 브리지 공원이었다. 같은 벤치에 아빠가 앉아 있었다. 딸과 친구들을 본 아빠는 태연히 일어나 걸어갔고 한나와 친구들이 뒤를 따라갔다.

아빠는 오피둠 올드 타운으로 아이들을 안내했다. 건물 뒤편 골목을 지나 어느 허름한 4층 건물로 들어갔다. 아이들이 따라 들어가자, 그제야 아빠는 돌아보며 별일 없었는지 물었다.

한나는 아무 일 없었다고 말하고 건물 안을 둘러보았다.

"여기는 어디예요?"

"이웃이 소유했던 공장이야. 그와 대화하다가 이곳이 텅 비었고 근방에 CCTV도 없다는 걸 알게 됐어. 그래서 이곳이 더 안전할 거라고 생각했어."

2층은 정말 공장처럼 넓었지만 텅 비어 있었다. 가운데 긴 작업대 하나만 덩그러니 놓여 있었고 엄마가 기다리고 있었다.

엄마가 다가와 한나를 안았다. 엄마는 딸과 친구들에게

몸에 이상이 없는지 물었다. 한나와 도래솔은 고개를 저었지만 맨디는 아직 피곤하다고 했다. 그러고 보니 맨디는 아직 피곤이 덜 풀린 모습이었다.

아빠가 다가와 물었다.

"피곤하다고? 미르난데 이후에 말이니?"

맨디가 고개를 끄덕이며 말했다.

"우리 모두 다 피곤했어요."

한나가 말했다.

"토요일 밤부터 어제까지 내내 잠만 자야 할 정도로요."

"그거 이상하구나. 미르난데는 참가자 안전을 최우선으로 고려해 설계됐어. 생생한 가상현실이 정신적 심리적 영향을 끼칠 수 있기 때문이지. 그런 일이 생기지 않도록 되어 있는데?"

도래솔이 웃으며 말했다.

"잘못 알고 계신 거 아녜요? 지구 사람들은 다 알아요, 미르난데가 참가자에게 영향을 준다는 거. 레벨이 올라갈수록 더 그래요. 미르난데에서 받은 충격으로 죽은 사람도 있어요. 제 친구도……."

도래솔은 한나를 의식하고 입을 닫았다. 한나가 말했다.

"우리 모두 그걸 알기에 특별전을 치른 뒤의 피곤이 당연한 거라고 생각했어요. 두 분은 모르셨던 거예요?"

아빠는 충격을 받은 얼굴이었다. 엄마가 아빠를 진정시키며 말했다.

"우리가 알아봐야 할 게 더 생겼구나. 화성 사람들은 미르난데가 안전한 게임이라고 알고 있어. 우리 프로그래머들도 그렇고……. 일단 앉으렴, 너희에게 해줄 말이 많아."

아이들은 작업대에 둘러앉았다. 엄마가 말했다.

"지난주 너희와 헤어진 뒤 우리는 너희한테서 들은 걸 조사했어. 먼저 버펄로 빌에 대해 말하자면, 우주 공항에서 버펄로 빌을 봤다거나 그곳에서 그가 목격됐다는 소식은 없었어."

"그 사람 분명 버펄로 빌이었어요."

맨디가 반발했다. 엄마가 손을 들어 진정시켰다.

"너희 말을 못 믿는 게 아니야. 그에 대한 증거가 없다는 거지. 우리가 발견한 건 다른 거야. 한 달 전에 버펄로 빌처럼 보이는 남자가 도심에서 추격전을 벌였어."

"추격전이요?"

맨디의 눈이 커졌다. 엄마가 말을 이었다.

"뉴스나 공식 매체에 나온 건 아니고 SNS에 올라온 내용이야. 한 노숙자가 정체불명의 제복을 입은 남자들로부터 도망치는 걸 목격했다는 거야. 지금은 차단되어 볼 수 없지만 그때는 동영상도 올라왔던 모양이야. 그들은 십여 분간 추격전을 벌였고 그걸 개인이 촬영한 영상이었어. 댓글 중에 이런 내용이 있었어. '저 노숙자, 미르난데 영웅 버펄로 빌 닮지 않았어?'라는 제목의 게시글이었고 그에 호응하는 댓글들이 달렸어. 우리는 그 남자가 너희가 본 사람과 동일인일 거라 생각해."

아이들은 서로를 보기만 했다. 아빠가 이어서 말했다.

"그날 버펄로 빌이 너희가 말을 걸자 도망쳤다고 했지? 그 후에 같은 로고의 제복 남자들을 봤고. 그렇다면 버펄로 빌은 그들에게서 도망치는 중 아니었을까? 만약 그랬다면 인공지능이 관리하는 이 도시에서 그가 숨을 곳은 많지 않아. 그가 할 수 있는 거라고는 공항 근처를 배회하며 화성 밖으로 나갈 방법을 찾는 것뿐이었을 거야. 제복들은 그런 버펄로 빌을 찾으러 왔던 거고."

아빠의 추측이 맞다면, 버펄로 빌은 크레이터 X 구역에서 도망친 거였다. 한나가 말했다.

"그러면 그 우승자들은 정말로 X 구역 안에 갇혀 있는 거네요?"

"우리가 의심스러운 것도 그곳이었어. 그곳에서 화성의

고대 지질 연구가 이뤄지고 있는 건 맞아."

아빠가 말했다.

"그곳은 가장 최근에 생겨난 크레이터였어. 화성 개척 초기에, 여기 지하 동굴이 발견되고 이리스가 세워지기 시작하던 때였어. 여기서 43킬로미터 떨어진 그곳에 운석 하나가 떨어졌어. 크기가 10미터에 무게는 1000톤이 조금 넘는 운석이라 피해는 없었지만 직경 470미터의 크레이터를 만들었어. 개척단은 그곳을 조사했고 화성의 옛 지질을 연구할 수 있는 지층대를 발견했다고 해. 이후 그곳은 연구 단지로 지정됐고 지금까지 연구를 이어오는 중이야."

"그런 곳에 우승자들이 모여 있는 이유가 뭘까요?"

한나의 말에 아빠는 난감한 표정을 지었다.

"우리도 그게 궁금해. 상식적으로 화성의 지질 연구나 미르난데, 우승자들, 황토색 제복. 어느 것 하나 서로 연관되는 게 없거든."

엄마가 말했다.

"그게 우리가 알아내야 할 비밀이야. 서로 연관도 없고 어울리지도 않지만 그것들에는 분명 우리가 모르는 이유가 있을 거야. 그 중심에 미르난데가 있는 거고."

"역시나 음모가 있는 거예요!"

도래솔이 흥분하며 말했다.

"아저씨, 지금이야말로 트로이목마를 써야 할 때예요. 그걸로 미르난데를 파괴해야 해요."

엄마와 아빠가 말없이 서로를 보았다. 두 분의 표정을 읽은 도래솔이 말했다.

"왜요?"

"네가 알아야 할 게 있단다."

아빠가 도래솔이 지구에서 가져온 걸 꺼내며 말했다.

"이 핸드폰은 바이러스 키트가 아니야."

"예? 그게 무슨 말이에요?"

도래솔의 목소리가 커졌다. 엄마가 아빠 대신 말했다.

"우리가 네가 준 이 핸드폰을 분석해봤어. 메모리의 소스 코드를 확인했지. 그런데 그건 바이러스라기보다 바이러스의 밑그림 같은 거야. 미르난데마저 무력화할 만큼 강력한 밑그림이긴 하지만, 그게 작동하려면 실행 코드가 있어야 하는데 이 핸드폰에는 그게 빠져 있어. 이걸로는 아무것도 할 수 없어."

아빠가 덧붙였다.

"아마 그 모마스라는 단체가 네게 잘못 건넸거나 착오가 있었던 것 같구나."

도래솔은 당황해 눈만 굴리더니 이내 풀 죽은 표정이 됐다. 그런 도래솔을 보며 한나는 의아한 생각이 들었다.

모마스는 미르난데 우승자를 포섭할 정도로 치밀한 집단이었고 그곳 핵심 간부인 Mo4도 그래 보였다. 그런데 그렇게 허술한 실수를 하다니, 믿을 수가 없었다. 하지만 지금은 그걸 따질 때가 아니었다.

한나는 아빠에게 말했다.

"그럼 이제 어떻게 해야 해요?"

저항군

그 시각 화성 우주정거장에 V3호가 도착했다.

지구-화성 순환 우주선에서 예순두 명의 승객이 내렸다. 그들은 지구에서 출발한 우주 노동자들이었다. 화성의 과학자와 기술자, 우주 선원 서른여덟 명과 함께 이십이 일 후에 돌아오는 화물선 '세레스를 향하여호'를 탈 예정이다.

현재 화성은 외행성 탐사 개발이 한창이고 세레스*에 소행성대 광물 채취를 위한 전진기지를 세우는 중이었다. 이들은 이 년 동안 세레스에 파견되어 기지를 완성하고 광물을 채취해 목돈을 거머쥘 희망을 품고 온 지구인들이었다.

대규모 인력을 삼 주 넘게 우주정거장에 머물게 할 수는 없기에, 이들은 화성에 내려갔다가 이십일 일 후 화성의 파

---

* 화성과 목성 사이 소행성대에 있는 가장 큰 왜행성(dwarf planet).

견 인력과 합류해 다시 궤도로 올라올 예정이었다.

예순두 명의 지구인 승객은 MSS 우주인들의 안내를 받아 승강장으로 이동했다. 그곳에서 왕복선 승무원들이 신원을 확인하고 짐을 조사했다. 만약의 사태에 대비해 전기 충격기를 든 안전 요원들이 배치됐고 신원 확인이 끝난 지구인들만 왕복선에 탑승했다.

스물일곱 번째 남자가 앞으로 나왔다. 승무원이 권총 모양의 스캐너로 얼굴을 스캔하며 이름을 물었고 남자가 대답했다.

"김우영입니다."

모니터에 남자의 얼굴과 신원이 떴다. 이어 소지품 목록이 떴고 목록을 확인한 승무원이 말했다.

"핸드폰을 갖고 있네요? 지구의 IT 기기는 화성 반입 금지예요."

남자가 난감한 표정으로 말했다.

"그런가요? 몰랐어요, 근데 핸드폰에 제 가족사진과 계좌, 저의 모든 정보가 담겨 있는데……. 어떻게 안 될까요?"

승무원이 안 된다고, 반입 금지 물품은 압수해야 한다고 퉁명스럽게 말했다. 남자가 다급하게 물었다.

"그럼 여기에 보관해주시면 안 되나요? 어차피 삼 주 후면 다시 올라올 거니까 그때까지만 보관해주세요."

"이 사람이, 모르는 지구인 물건을 누구보고 보관하라고……."

거절할 명분을 찾던 승무원은 남자의 기록을 훑어보고는 말했다.

"전 직업이 출판업자였네? 세레스에는 왜 가는 거요?"

남자는 애써 불쌍한 표정으로 말했다.

"이제는 종이책이 사라지고 단말기 출판은 인공지능이 알아서 하니까요. 지구에서 오는 다른 우주 노동자들하고 같은 사정이죠."

그제야 마음이 약해진 승무원은 어깨를 으쓱하더니, 소지품 목록에서 핸드폰을 지워주었다. 조언도 잊지 않았다.

"지구의 전자기기는 어차피 화성에서 무용지물이에요. 핸드폰은 꺼둬요."

"그럴게요. 감사합니다, 정말 감사합니다."

Mo4가 연신 굽신거리며 순진하게 웃었다.

검문대를 통과해 게이트로 나간 그는 두 번째 에어록을 통해 왕복선에 탑승했다. 그는 비로소 긴장을 풀었다. 화성에 도착했다.

모마스의 계획은 오랫동안 준비된 것이었다. 미르난데

우승자를 포섭해 화성으로 보내고, 후발대가 따라가고, 특별전을 통해 미르난데 서버를 감염시키는 것. 그를 위해 모마스는 화성의 내부 정보를 알음알음 모으며 계획을 세웠다. 지속적으로 세부 계획을 수정해왔다.

협조를 약속한 도래솔이 트로이목마를 소지하고 화성으로 떠난 뒤 모마스는 절호의 기회를 놓치지 않기로 했다. 해서 전 세계의 반화성 조직들을 규합했다. 미르난데를 파괴하기로 모인 조직들은 역할을 나누어 저항군을 화성에 보냈다. '블루 마블*'이라는 유럽 조직이 먼저 화성으로 출발했다. 그리고 오늘 모마스의 Mo4와 조직원 셋이 MSS에 도착했다.

Mo4는 모마스 핵심 간부였기에 작전에서 제외됐지만 그는 자신이 직접 가겠다고 고집했다. 십 년 가까이 준비한 계획이 완성되는 걸 두 눈으로 직접 보고 싶어서였다. 며칠 후에는 북아메리카 조직 '검은 깃발'의 기술자 셋이 도착할 것이다. 그들은 궤도에 머물며 MSS 내에 몰래 중계기를 세우고, 화성으로 내려간 조직원들이 보내주는 영상을 지구에 중계할 예정이다.

---

* 1972년 아폴로 17호가 찍은 지구 사진에 붙은 애칭.

디데이는 미르난데 특별전이었고 저항군의 목표는 미르난데위원회였다.

특별전이 열리는 날, Mo4가 지휘하는 저항군은 위원회를 점거해 사람들이 미르난데를 지켜보는 가운데 바이러스를 퍼뜨릴 것이다. 그러면 화성인들은 미르난데가 오염되고 붕괴하는 걸 눈앞에서 보게 될 것이고, 팔 분 후에는 지구 사람들도 그것을 볼 것이다. 그 뒤에 Mo4는 지구를 갉아먹는 화성 정부를 규탄하고 지구의 자주권을 선언하는 성명을 발표할 것이다.

극적인 이벤트가 될 것이 분명했다.

Mo4는 가방에서 압수되지 않은 핸드폰을 꺼냈다. 트로이목마 22. 이것은 도래솔에게 준 것과 세트로 작동하는 핸드폰이었다. 둘 중 어느 것도 단독으로는 바이러스가 될 수 없었고 두 개가 합쳐져야만 가능했다.

이 역시 Mo4의 계획이었다. 그는 아이의 손에 위험한 물건을 쥐여주고 화성으로 보내는 무모한 짓을 할 수 없었고 그럴 만큼 허술하지도 않았다.

며칠 후면 작전이 완성된다는 사실에 Mo4는 흥분했다. 이제 화성에 내려가 블루 마블 팀과 합류할 것이고 그들이 감시하고 있는 도래솔을 만날 것이다. 그 아이에게서 트로

이목마를 받고, 미르난데위원회 정보를 얻고, 특별전이 열리는 날 위원회를 점령한 다음 결정적인 순간에……

검문을 통과한 다른 사람들이 탑승했다. 그들 중 자신의 일행 셋이 있었다. 다들 검문을 통과한 것이다. 그들 중 하나가 그를 향해 눈짓을 했다.

Mo4는 고개를 끄덕이며 미소를 지어 보였다.

한나가 말했다.

"엄마 아빠한테는 방법이 있을 거라고 생각했어요. 그런데 지금 이런 상황이면, 이제 어떻게 해야 하는 거죠?"

아빠가 한나와 친구들을 둘러보더니 말했다.

"너희는 다시 미르난데에 들어갈 생각이니?"

"무슨 말씀이세요, 그게?"

한나가 되묻자 아빠가 말했다.

"우리가 걱정하는 건 이번 주말에 열리는 미르난데가 마지막 세상이고, 그 후에 너희가 어떻게 될지 모른다는 거야. 그래서 엄마가 미르난데에 들어가는 걸 반대하는 거고. 하지만 너희는 마지막 세상에도 들어갈 생각인 거지?"

한나가 말했다.

"지난번에도 말했지만 미르난데에 비밀이 있다면 우리

는 들어가야 해요. 밖에서는 아무것도 알 수 없어요."

엄마는 여전히 걱정스러운 눈치였고 아빠가 말했다.

"아빠도 같은 생각이야. 우리는 미르난데가 끝난 뒤 너희가 어디론가 끌려가지 않게 할 방법이 없을까 고민했어. 공권력에 도움을 청하는 건 소용없다는 게 우리의 생각이야. 여기는 지구가 아니고 위원회가 화성 정부의 통제를 받는다면 다들 한통속일 테니까. 그럼 어떻게 해야 할까? 그들이 꾸미는 짓을, 그게 음모든 뭐든 사람들 앞에서 공개하는 거야. 화성의 모든 사람이 보고 있다면 너희를 함부로 끌고 가지 못할 테니까."

아이들의 눈이 커졌다. 아빠가 계속 말했다.

"우리의 계획은 이거야. 너희가 미르난데를 치르면서 시스템에 직접 말을 거는 거지. 화성인들은 그걸 지켜보는 거고."

"우리가 미르난데에게 말을 건다고요?"

맨디가 말했다. 도래솔도 물었다.

"그럴 수가 있어요? 어떻게요?"

"프로그래밍이란 추상적 알고리즘을 특정 언어로 구현하는 과정이야. 옛날에는 컴퓨터 언어를 사용했지만 지금은 그런 식으로 하지 않아. 미르난데 시스템과 직접 대화하며 알고리즘을 짜고 수정하지. 그건 미르난데가 인간의 언어를 완벽하게 이해하기에 가능한 건데, 그러기 위해서는 프로그래밍을 위한 3D 공간에 들어가야 해. 몇 가지 방법이 있는데 데이모스 위성에 있는 서버에 접속하거나 프로그래머가 미르난데 시스템과 대화하거나 아니면 미션을 치르는 중에 미르난데에게 말을 거는 거야."

"미션을 치르는 중에요? 어떻게 그럴 수 있죠?"

"미르난데는 워낙 방대한 시스템이라 애초부터 그렇게 설계됐어. 미션 중에 말을 거는 건 초창기에 즉석에서 오류를 바로잡기 위한 방법이었어. 프로그래머가 자신이 맡은 세상을 직접 돌아다니고 활동하면서, 오류가 나타나면 미르난데를 소환해 그 자리에서 수정하는 거지. 이해하겠니?"

아이들이 고개를 끄덕였다. 엄마가 덧붙였다.

"중요한 건 너희가 미션 중에 미르난데 시스템에 말을 걸 수 있다는 거야. 그러면 지켜보던 사람들도 그걸 볼 수 있는 거고."

"할게요."

한나는 미르난데의 비밀을 알 수 있다면 뭐든 할 생각이었다.

"어떻게 하면 미르난데에게 말을 걸 수 있는 거죠?"

"미션 중에 미르난데 시스템을 소환하는 암호 코드가 있어. 그건……."

그때 문이 열리며 검은 제복에 중무장한 남자 둘이 들어왔다. 그중 한 사람이 말했다.

"화성 정보부입니다. 당신들을 체포합니다."

사람들이 놀라 돌아보았다. 그들 뒤로 계단을 올라오는 더 많은 남자들이 보였다.

엄마가 소리를 지르며 한나를 끌어안았다. 아빠도 맨디와 도래솔을 보호하려고 앞을 막아섰다. 남자들 뒤로 양복 차림의 중년 남자가 들어왔고, 제복의 남자들이 길을 터주었다.

그가 다가와 한나와 친구들과 부모님을 차례로 훑어보았다.

"당신들, 기어이 규정을 어겼군."

해밀턴 위원장이 엄마 아빠에게 말했다.

"프로그래머가 특별전 참가자들을 만나는 건 금지되어 있는데도."

엄마가 항변했다.

"이 아이는 우리 딸이에요!"

아빠가 앞으로 나서며 말했다.

"지금 뭐 하는 겁니까? 우리가 뭘 잘못했다고 이렇게 무장한 사람들을 대동하고……."

해밀턴은 두 사람을 무시하고 한나를 돌아보았다.

"우리는 너희를 미르난데 우승자로 대우했는데, 너희는 우주 공항부터 X 구역까지 여기저기 제멋대로 들쑤시고 다녔더구나."

한나는 아무 말도 하지 않았다. 그러면서도 지지 않으려고 그를 노려보았다.

해밀턴이 이죽거리며 말했다.

"너희를 이제 어떻게 처리해야 할까?"

미르난데위원회

"아이들이 잡혀갔어요."

Mo4가 놀라 페드로를 돌아보았다. 자신이 들은 말을 믿을 수 없어서였다.

페드로는 블루 마블 조직의 리더였다. 선발대로 화성에 도착한 뒤 줄곧 마르스 호텔에 있는 새매와 친구들을 지켜보고 있었다. 그들은 모마스 팀과 합류해 함께 도래솔을 만날 예정이었다.

하지만 블루 마블 팀을 만났을 때 페드로는 뜻밖의 말을 전했다. 화요일 오후에 아이들이 누군가를 만났다는 것이다. 저항군이 알지 못하는 남자였는데, 아이들은 그를 따라가 지하 도시 올드 타운의 한 건물로 들어갔고, 얼마 후 도착한 화성 정보부 요원들이 모두 연행해 갔다고 했다.

"그들은 지금 미르난데위원회에 갇혀 있어요."

페드로의 말에 Mo4가 말했다.

"새매와 친구들이 왜 잡혀간 거죠? 트로이목마를 들킨 건가?"

선발대도 자세한 내용은 알지 못했다. 아이들의 연행은 비밀리에 이뤄졌고 그에 대한 뉴스나 발표도 없었다.

Mo4와 페드로는 아이들이 잡혀간 이유를 추측했다. 아무리 봐도 트로이목마 때문은 아니었다. 그것 자체로는 바이러스 디바이스가 아닌 평범한 지구의 핸드폰일 뿐이었다. 아이들이 따라갔던 남자 때문인 듯한데, 선발대는 그가 누구인지 알지 못했다.

일행이 걱정하는 건 아이들이 잡혀가고 소지품을 빼앗겼으리라는 사실이었다. 그건 저항군이 트로이목마를 사용할 수 없다는 의미였다. 도래솔의 핸드폰이 없으면 Mo4의 핸드폰도 무용지물이었다.

Mo4는 고민에 빠졌다. 기어이 화성에 도착했고 계획 실행을 눈앞에 두고 있는데, 이렇게 허무하게 무산되고 마는 걸까?

그는 페드로에게 말했다.

"내일 있을 미르난데는 어떻게 되는 걸까요? 취소될까요?"

"알 수 없어요. 지금 위원회를 감시하면서 뉴스를 살피고 있는데, 아직 아무 발표도 없어요."

Mo4는 다른 방법을 찾아야 한다는 걸 직감했다. 이대로 끝나서는 안 된다. 대책을 마련해야 한다. 하지만 어떻게?

그는 아직 방법을 알지 못했다.

한나는 한 사무실에 앉아 있었다. 가구라고는 금속 탁자와 의자뿐인 텅 빈 방이었다.

검은 제복의 남자들이 한나를 데려와 이곳에서 기다리게 하고는 방을 나갔다. 이후 아무도 오지 않았다.

한나는 무작정 기다렸다.

그날 한나와 부모님과 친구들을 체포한 화성 정보부는 일행을 미르난데위원회로 데려왔다. 해밀턴 위원장은 이곳에서 한나가 조사를 받을 거고, 새매와 친구들에 대한 징계위원회가 열릴 거라고 했다.

조사는 이틀 동안 계속됐다. 한나는 교대로 들어오는 남자와 여자로부터 번갈아가며 조사를 받았다. 그들은 같은 질문을 했고 한나는 반복적으로 대답했다. 자신이 보고 들은 것 그리고 의심스러운 것들을. 그러면서 진실을 알려달라고 했지만 남자와 여자는 대답하지 않았다. 질문을 쏟아내고 한나의 대답을 기록할 뿐이었다.

그러는 동안 한나는 부모님과 친구들을 보지 못했다. 그들도 어디선가 같은 질문을 받고 있을 거라고만 짐작했다.

오늘도 조사를 받을 거라 생각했지만 아무도 오지 않았다. 한 시간 가까이 기다렸을 때, 검은 제복 남자 둘이 맨디와 도래솔을 데리고 들어왔다.

한나는 친구들을 다시 만나 반가운 마음에 이야기를 나누고 싶었지만, 이번에는 남자들이 문 옆에서 지키고 있었다. 아이들은 형식적인 안부만 묻고 서로 눈치만 보았다.

얼마 후 해밀턴 위원장이 들어왔다. 그는 아이들 맞은편에 앉으며 태연히 웃었다.

"보고를 받으니 조사가 다 끝났더구나."

한나는 그를 노려보았다.

"엄마 아빠는 어디 있어요?"

"걱정하지 마라, 안전한 곳에 잘 계시니까."

한나는 불현듯 화가 나 따지듯 말했다.

"그동안 우리를 감시하고 미행했던 거예요?"

해밀턴이 말했다.

"너희가 지구인이라 모르나 본데 화성의 도시는 모두 스마트 시티란다. 시민들은 인공지능에 의해 서비스받지. 그건 다른 말로 하면 통합적으로 관리되고 있다는 뜻이야. 시민 중 한 사람을 위험인물로 지정하기만 하면 그의 동선을 추적하는 건 일도 아니란다. 인공지능이 관리하는 스마트 시티는 아주 효율적이거든."

한나는 분노가 일었지만 애써 자제했다.

"미르난데 우승자들을 왜 잡아두고 있는 거죠?"

"그게 무슨 말이니?"

한나는 궁금한 걸 물었다. 자신을 조사하던 이들과 달리 미르난데위원장이라면 말해줄 수 있을 것 같아서였다.

"X 구역이요. 우승자들을 왜 그곳에 가둬두고 있냐고요."

해밀턴이 말없이 한나를 보았다. 말을 해줘야 하나 갈등하는 것 같았다. 한나는 용기를 내 더 물어보았다.

"우리는 버펄로 빌을 봤어요, 우주 공항에서. X 구역에서 도망쳤던 거죠? 공항에 그가 나타났다는 보고를 받고 그 제복 남자들이 출동했던 거잖아요."

"그 부분은 말해줄 수 있겠구나."

해밀턴이 말했다.

"버펄로 빌은 실패자란다. 우리의 규정을 어기고 도망친 범법자이기도 하지. 우리가 그를 찾는 건 당연히 해야 할 일이란다."

실패자? 그건 무슨 뜻인 걸까.

"그거 불법이잖아요!"

곁에서 맨디가 소리쳤다.

"우리 형이랑 다른 우승자들을 가둬둔 것도, 우리를 여기에 감금한 것도 모두 다 불법이잖아요."

"명확히 해야 할 게 있단다. 화성의 법을 어긴 건 너희라는 사실 말이다."

맨디가 흥분해 따지려 하자, 도래솔이 제지하고 말했다.

"이제 우리를 어떻게 할 거예요?"

"우리도 그걸 고민했단다."

해밀턴이 능글맞은 표정을 지었다.

"오전에 너희에 대한 징계위원회가 열렸단다. 위원회는 너희가 진술한 내용을 읽었고 너희를 어떻게 할지 논의했지."

도래솔이 말했다.

"사실대로 다 말했잖아요. 우리가 뭘 잘못한 건데요?"

해밀턴은 재미있다는 듯 아이들을 보았다.

"아, 너희가 아직 무슨 죄목으로 여기에 있는지 모르는 것 같구나. 너희는 보안 장소에 무단 침입했고 일급비밀을 캐려고 했어. 너희는 지구 출신이기에 그건 간첩죄가 적용

될 수 있는 중죄란다."

"그런 말도 안 되는 소리가 어디 있어요!"

도래솔이 반발하자 해밀턴이 씩 웃었다.

"말이 되는지 안 되는지는 우리가 결정해."

어이가 없어 아이들은 입을 닫았다. 그가 계속 말했다.

"어쨌든 우리는 너희에 대해 논의했고 결정을 내렸어. 너희에 대한 징계를 내일 열리는 미르난데 이후로 연기하기로 말이야. 너희를 오늘 당장 징계하면 특별전은 열리지 못할 테고, 그러면 화성인들이 크게 실망할 테니까."

해밀턴은 한나를 직시하며 덧붙였다.

"그러니 마지막 미션에 집중하는 게 좋을 거야."

한나는 반발했다.

"우리가 그 말을 들을 것 같아요? 우리랑 엄마 아빠를 풀어주지 않으면 내일, 아니 다시는 미르난데에 들어가지 않을 거예요."

"네가 이 사태의 본질을 깨달았으면 좋겠구나."

한나는 그를 노려보기만 했다. 그가 무슨 말을 하는지 몰라서였다.

"새매와 친구들이 미르난데 최후의 세상에서 마지막 미션만 깬다면, 모든 상황이 해피엔드로 끝날 거다. 너희와 부모님도 풀려날 거고 너희의 위법행위도 모두 없던 일이 될 거야. 아, 맨디도 형을 다시 만날 수 있을 거고 말이야."

한나는 아무 말도 하지 못했다. 맨디와 도래솔도 마찬가지였다.

"그 모든 게 너희한테 달렸단다. 미르난데를 완주하느냐 못 하느냐에 달렸지."

해밀턴이 자리에서 일어났고, 이번에는 친근한 미소를 지었다.

"그러니 너희가 내일, 부디 실력을 발휘해 미르난데를 완주하길 바라마. 모두를 위해서 말이야."

그는 아이들에게 고개를 끄덕이고 문 쪽으로 걸어갔다.

한나가 말했다.

"대체 왜죠?"

해밀턴이 돌아보자, 한나는 그를 노려보았다.

"그깟 미르난데가 뭐기에 이렇게 집착하냐고요."

해밀턴이 으쓱하더니 말했다.

"너희가 미르난데를 완주하면 자연히 알게 될 거다. 그게 얼마나 중요한 일인지."

그들

나는 의문을 품은 채 최후의 세상에 들어왔다.

부모님을 인질로 잡은 해밀턴 위원장은 미르난데의 마지막 미션을 깨라고 했다. 그러면 엄마와 아빠를 다시 만날 수 있다고. 또 그는 말했다. 우리가 미르난데를 완주하기를 바란다고. 모두를 위해서.

그건 무슨 뜻이었을까?

그의 말에 어떤 의미가 담겼든, 우리는 최후의 미르난데에 들어왔고 이제 물러설 길은 없다. 우리가 미션을 깨든 깨지 못하든 이번이 마지막이다. 완주하지 못한다면 우리는 X 구역으로 끌려갈 거고, 미르난데위원회의 꿍꿍이는 절대 알지 못할 것이다.

나는 숨을 고르고 친구들을 돌아본다.

우리는 서로를 본다. 맨디와 도래솔도 같은 생각임을 알지만 나는 아무 말도 하지 않는다. 지금은 이 세상에 전념해야 한다.

　말들이 있다. 우리가 아는 말들. 녀석들은 초원에서 풀을 뜯다가 우리를 발견하고는 다가온다. 지난번 자신들이 태운 사람에게 다가가 커다란 눈을 깜박이며 얼굴을 비빈다.

　우리는 말들을 토닥이고 각자의 말에 올라탄다. 말들은 이제 탐색 없이 달리기 시작하고 이번에도 목적지를 알고 있다. 산맥 끝자락을 따라 달려 협곡으로 들어간다. 속도는 더디지만 지름길인 것 같다.

　산맥을 돌아 나가자 도시가 나타난다. 완전히 파괴된 곳이다. 도시 한가운데 거대한 크레이터가 있고 주변부로 초토화된 도시의 잔해가 쌓여 있다. 원래의 모습을 가늠하기 어려울 정도다. 이곳이 미르가 말한 소행성에 의해 파괴된 도시일까? 어디에도 생명체의 흔적은 보이지 않는다.

　목적지에 가까워졌다는 걸 알 수 있다. 첫 번째 세상에서 보았던 게 보인다. 폐허 도시 너머에서 하늘을 향해 길게 뻗은 구조물. 멀리서 보니 탑 같다. 하늘을 향해 뻗어 구름을 뚫고 올라간 거대한 탑. 저곳이 우리의 목적지임이 분명하다.

우리는 폐허를 관통해 구조물로 향한다.

가까워지며 보니 탑이 아니다. 구름 속에서 아래로 곧게 이어진 검은 원통인데 밑이 돔 형태로 되어 있다. 반구는 아니고, 밑단이 여러 개의 다리로 갈라져 땅속에 박혀 있다. 다리와 다리 사이가 수십 미터는 될 만큼 크다. 마치 거대한 우산살이 땅에 박혀 있고 그 꼭짓점에서 하늘을 향해 뻗어 나간 형태다.

그곳에 사람들이 있다.

전에는 광활한 숲이었던 모양인데 소행성 충돌의 여파로 황폐해진 벌판이다. 그 가운데 우산살 구조물이 서 있고 주위에 사람들이 모여 있다. 셀 수 없을 정도로 많은 스르암인들이다.

우리가 다가가자 사람들이 하나둘 다가온다. 노인과 약자들. 이어 더 많은 사람이 모여든다. 사람들은 말없이 우리를 살피고, 우리라는 걸 확인하고는 길을 열어준다.

우리는 말에서 내려 사람들 사이를 나아간다. 사람들이 침묵으로 우리를 지켜보기만 한다. 나는 사람들의 표정에서 많은 걸 본다. 방랑자에게서 본 것들. 두려움과 고통, 절망의 감정들. 그 속에서 피어나는 희망을 본다.

나와 친구들이 그 희망이다.

사람들에게 에워싸여 구조물로 다가간다. 가까이서 보니 더 거대하고 온통 새카맣다. 빛조차 반사되지 않아 어떤 재질인지, 어떤 용도인지 알 수 없는 구조물이다.

우산살처럼 갈라진 기둥 앞에 도착한다. 수많은 사람들이 모여들고 우리는 긴장한 채 주위를 둘러본다.

"우리가 뭘 해야 하죠?"

도래솔이 사람들에게 말한다.

"'그들'은 어디 있어요?"

사람들이 일제히 구조물 안쪽을 돌아본다.

기둥 안쪽은 뻥 뚫린 넓은 공간이다. 아무것도 없는 메마른 땅일 뿐이다.

우리는 의아해하며 서로를 본다. 도래솔이 말한다.

"저 안쪽으로 들어가라는 것 같은데?"

맨디도 말한다.

"대체 이 구조물은 뭘까?"

내가 말한다.

"일단 들어가보자."

함께 기둥 안쪽으로 들어가려는데, 한 어린 소녀가 앞을 가로막는다. 커다란 눈에 슬픔과 분노가 차 있는 깡마른 소녀다.

아이는 우리에게 뭔가를 하나씩 쥐여준다. 손톱만 한 투명 캡슐에 노란 물약이 들어 있다. 우리가 아이를 보자, 아이는 구조물 안쪽을 가리키고는 캡슐을 입에 넣는 시늉을 한다.

나는 아이에게 말한다.

"저기 들어가서 이걸 먹으라는 거니?"

아이가 긴장된 눈으로 끄덕인다.

나는 친구들을 돌아보고, 소녀를 향해 끄덕이고는 기둥 안쪽으로 들어간다.

다른 공간이다. 이 거대한 우산살 안쪽은 바깥과 전혀 다르다. 돌아보니 바깥에 모인 사람들이 일렁여 보인다. 마치 투명 막 저편에 있는 것처럼. 기둥을 통과하면서 아무것도 느끼지 못했는데.

이 안은 대결의 현장이고 열기와 소음으로 가득하다.

밖에서는 보이지 않았던 스르암 남자 하나가 서 있고 그 주위로 환영이 펼쳐진다. 색색의 먼지 같은 입자들이 두 마리의 괴수가 되어 남자와 뒤엉켜 싸우는 중이다.

지난 세상에서 미르를 찾아갔을 때 그가 행했던 모의 전투 같은 환영이다. 그러나 그때보다 더 거대하고 과격하다. 괴수가 서로를 공격하고, 충격을 받을 때마다 흩어졌다 모이는 입자들이 황홀하다. 아름다울 지경이다.

남자는 지고 있다. 처음 보는 외계의 괴수가 신화 속에서 튀어나온 듯한 삼지창 괴수의 목덜미를 물어뜯자 남자가 비명을 내지른다. 삼지창 괴수의 뒷다리가 풀리자 남자가 무릎을 꿇는다. 괴수는 크게 울부짖더니 끝내 목숨이 끊어진다. 남자도 눈을 부릅뜨며 바닥에 쓰러진다. 미동이 없다. 죽었다.

우리는 그가 그들이 되는 과정을 목격한다.

죽은 남자의 몸이 떠오른다. 몸이 산화되듯이 부서져 먼지가 된다. 형체가 사라지고 입자가 된 남자는 지붕 쪽으로 끌려간다. 그곳에 검은 구멍이 하나 보이는데, 하늘로 뻗은 원통형 입구다.

남자의 입자들이 색색으로 빛을 발하며 입구로 빨려 들어간다.

"여기가 전장인 거야."

우리는 비로소 이 공간을 이해한다. 이곳이 대화의 공간이자 전장이다. 스르암인들과 그들의 대결 장소.

이 공간에서는 그들을 볼 수 있다.

그들은 반투명보다 투명하고 계속 형체를 바꾼다. 그들은 하나이자 여럿인 존재다.

그들이 뭉쳐지고 흩어지며 다가온다. 천천히 탐색하듯 우리 주위를 돈다.

"마치 유령 같아."

맨디가 말하지만 우리에게 말하는 게 아니다. 긴장한 탓에 혼자 중얼거리는 거다.

나는 도래솔에게 고개를 끄덕이고, 도래솔이 그들에게 말한다.

"당신들이 그들인가요?"

그들이 도래솔의 말에 반응한다. 형태가 짙어지더니 수많은 인간 형체로 퍼졌다가 다시 하나가 된다. 무중력의 공간인 듯 움직이며 내려온다.

— 그대들이 새매와 친구들인가.

공간을 울리며 목소리가 들려온다. 그들은 입으로 말하지 않기에 귀로 듣는 소리가 아니다. 그러나 우리는 들을 수 있다.

— 스르암인들에게서 들었다, 다른 세상에서 온 영웅들이 있다고. 우리의 전령으로부터 들었다, 그대들이 우리의 초대에 응했다고.

그들은 적대적이지 않다. 온화한 말투로 우리를 존중한다는 걸 느낄 수 있다.

— 환영한다, 먼 길을 온 이들이여.

나는 이들이 우리를 환영한다는 걸 안다. 이들은 정말로 모든 걸 초월한 존재일지 모른다.

"당신들은 누구죠?"

도래솔이 다시 묻는다.

"당신들 정체가 뭐냐고요."

그들이 우리 앞으로 밀려왔다 밀려가며 말한다.

— '당신들'이라는 말은 적확하지 않다, 우리는 하나이고 종족 전체이니까.

맨디가 묻는다.

"당신들은 이름이 없나요?"

— 그런 게 왜 중요할까. 이름이란 육체를 가진 종의 개체에게나 필요한 어휘지. 우리는 문명을 초월하고 육체를 초월해 하나인 채로 공간을 가로지르는 중인데. 중요한 것은 우리가 얼마나 확장하느냐고 우주의 궁극에 도달할 수 있느냐다.

우리는 뭐라 대꾸해야 할지 몰라 입을 다문다.

그 또는 그들이 말한다.

— 우리는 행성에서 태어나 문명을 일으킨 모든 종을 존중한다. 그들은 살아남았고, 스스로 진화해 자신만의 세계

를 이루었다. 그들은 필연적으로 행성 밖으로 나가, 항성을 벗어나 은하를 가로지르게 된다. 나아가 모든 걸 초월하게 되지. 확장하는 우주의 일부가 되는 것이다. 문명을 이룬 모든 종족은 그 종착지를 향해 나아가고 우리는 그 과정을 단축시켜줄 것이다. 저 위의 게이트를 통과하면, 당신들의 의식은 분리되고 정화되어 행성 바깥에 있는 우리의 본체에 합류할 수 있다. 우리와 함께 우주를 건너자.

맨디가 겁먹은 목소리로 소리친다.

"그럴 생각 없어요, 우리는!"

— 그렇다면 그대들은 대결을 위해 온 것인가? 우리는 그대들 방식으로 정당하게 대결할 것이다. 그대들이 이긴다면 우리는 그대들이 원하는 걸 줄 것이고, 우리가 이긴다면 당신들은 우리의 일부가 될 것이다.

그들의 일부가 떨어져 나오더니 우리 주위를 돈다.

— 당신들 손에 들린 것을 마셔라. 그건 우리가 스르암 인들에게 알려준 대결을 위한 물약이다. 그것을 마시고 스스로 원하는 것이 되어라. 가장 익숙한 무기를 고르고 그대들이 믿는 가장 강력한 모습이 되어라. 우리는 그에 맞서 대결에 임할 것이니.

나는 친구들을 돌아본다. 맨디와 도래솔이 나를 본다.

이제 결전의 시간이다. 우리는 선택해야 한다. 이 문명을 초월한 미지의 존재와 대결할 것인지, 다른 대결을 할 것인지.

나는 친구들을 향해 끄덕인 다음 앞으로 나선다. 그들이 물러서는 게 느껴진다.

— 무기를 정했는가? 무엇이 될지 정했는가?

"우리는 대결하기 위해 온 게 아니에요. 대화하려고 온 거예요."

— 대화는 공정하지 않다. 당신의 논리는 우리의 지식과 논리를 따라잡지 못할 터이니. 대화는 공정한 대결이 되지 못한다.

"당신들과 대화하려는 게 아녜요."

그들 사이에 짧은 정적이 흐른다.

나는 눈치챈다, 미르난데가 내 심박을 측정하고 반응하는 것임을.

내가 말한다.

"나는 미르난데와 대화하고 싶어요."

그들의 움직임에 변화가 인다. 형태가 짙어졌다 투명해지기를 반복한다. 마치 동요하는 듯이.

나는 그걸 놓치지 않는다. 한 손을 높이 치켜들고는 말한다.

"미르난데의 중재자, 당신과 이야기하고 싶어."

잠시 동안 침묵 속에 동요가 심해지더니, 기어이 그들이
말한다.

— 접속 코드를 말하라.

"보헤안 왕국 설계자, 접속 코드 700409-C."

그건 엄마의 것이다. 화성 정보부가 우리를 체포해 끌고
갈 때, 엄마가 나를 끌어안고 알려준 접속 코드.

그들이 사라진다. 대결의 공간이 입자가 되어 흩어지고,
바깥 사람들이 먼지가 되어 흩날리고, 벌판과 대지와 하늘
이 사라진다. 하얀 공간만 남는다.

미르난데 3D 프로그래밍 공간에 들어온 것이다.

미르난데

아레나에 모인 관객들이 웅성거리기 시작했다.

새매와 친구들의 여정을 따라가며 '그들'과의 마지막 대결을 기대하던 사람들은 실망했고, 상황을 눈치채지 못한 이들은 이야기가 또다시 예측하지 못한 국면으로 넘어갔다며 좋아했다. 화성의 각 도시에서, 가정에서 가상현실과 단말기로 지켜보던 다른 시민들도 마찬가지였다. 보는 이마다 다양한 반응을 드러냈다.

그러나 대부분은 이야기를 매번 뜻밖의 방향으로 끌고 가는 미르난데의 의외성을 즐겼기에, 기대의 눈으로 집중하면서 이후에 펼쳐질 새매와 친구들의 활약을 기다렸다.

긴장한 것은 통제실이었다.

미르난데위원회 상층부에 위치한 통제실에는 십여 명의 프로그래머와 엔지니어가 모여 있었다. 미르난데 시스템은 그 자체로 자율 구동 되지만 언제나 그렇듯 만일의 사태에 대비하는 인력이 있었다.

그 가운데 해밀턴 위원장이 있었다. 어제 아이들을 만난 그는 새매와 친구들이 지금의 상황을 이해하고 미르난데를 완주해주기를 바랐다. 하지만 홀로그램 화면에서 새매가 인공지능 시스템을 소환해 프로그래밍 공간으로 전환되는 걸 보고는 뭔가 잘못됐다는 걸 직감했다.

"어떻게 된 거야?"

해밀턴은 중앙 홀로그램 모니터 주위에 모인 기술자들에게 소리쳤다. 수석 엔지니어가 참가자들이 시스템과 대화를 시도한다고 보고했다.

"누가 그걸 몰라?"

해밀턴이 다시 소리쳤다.

"저 애들을 다시 전장으로 돌려보내란 말이야!"

"그건 불가능합니다."

엔지니어가 말했다.

"미르난데가 시작된 이상 외부에서는 간섭할 수 없습니다. 자율 구동 시스템이고 이 상황은 참가자가 선택한 상황이라, 저희가 할 수 있는 게 없습니다."

"그럼 방법이 없는 거야?"

"전원을 차단해 시스템을 중지하는 방법이 있습니다만, 그렇게 되면…….."

그 결과는 해밀턴이 더 잘 알았다. 일 년에 한 번 있는 모든 화성인의 축제가 엉망이 되는 것이다. 하지만 그보다 더 중요한 건, 아이들이 특별전 최초로 미르난데를 완주할 기회가 무산된다는 것이었다.

그럴 기회를 날릴 수는 없었다.

해밀턴은 입안으로 욕지거리를 삼켰다. 그는 어쩔 수 없이 상황을 조금 더 지켜보기로 했다. 아이들이 미르난데 세상으로 되돌아가기를 바라면서.

그러면서도 그는 의심스러웠다. 아이들이 어떻게 프로그래밍 공간에 들어간 건지. 그리고 왜…… 도대체 왜.

나는, 우리는 하얀 공간에 서 있다.

좌우도 위아래도 구분할 수 없다. 시간의 흐름조차 느껴지지 않는다. 아무것도 없는 무의 공간이다.

그 속에서 우리는 기다린다.

"미르난데는 어디 있는 거지?"

기어이 맨디가 말하자, 허공에서 뭔가가 나타난다.

이진수. 0과 1이 반복적으로 나타나더니 그 수가 많아진다. 더 많아진다. 숫자들은 형태를 이루며 커지더니 거대한 드래건이 된다. 이진수로 조합된 용이다.

미르난데의 중재자. 심판관. 그리고 미르난데 그 자체.

"중재자를 찾는가?"

이진수의 용이 거대한 날개를 펼치고 하늘을, 아니 허공을 한 바퀴 활강해 하얀 허공에 착지한다. 이어 발을 높이들어 우리 주위를 돈다. 꼬리를 우아하게 흔들며 우리를 살핀다.

"당신은 보헤안 왕국의 설계자가 아니군."

미르가 나를 훑어보더니 다시 친구들을 훑어본다.

"새매와 친구들. 참가자가 이 공간에 들어왔다는 건, 당신들을 돕는 이가 있다는 뜻이겠군."

결국 여기까지 왔다.

우리는 마지막 세상에서 그들과의 대결 대신 미르난데와의 대결을 선택한 것이다. 그러나 내가, 우리가 이 강력한 인공지능을 상대할 수 있을까?

내가 말한다.

"우리는 당신과 대화하고 싶어."

"대화라."

미르난데의 미르가 말한다.

"나는 개별 프로그래머가 아닌 모든 인간을 위해 설계된 존재……. 인간들의 대화 요청에 응해야 하지."

미르난데가 우리와 대화를 하겠다고? 이렇게 순순히? 나는 미르난데가 우리의 요청을 거부하거나 다른 조치를 취할 거라 예상했다. 당연히 그럴 줄 알았다.

하지만 다시 생각하면, 미르난데는 인공지능이다. 인간을 위한 이기. 애초 그는 인간의 질문에 답하기 위해 만들어진 존재였다.

해밀턴 위원장이나 미르난데위원회는 어떻게든 우리를 막으려 하겠지만 지금 우리는 미르난데 프로그래밍 공간에 들어와 있다. 우리가 멈추지 않는 한 아무도 우리를 막을 수 없다.

그리고 인공지능은 화성인과 지구인의 질문을 가리지 않는다.

그 사실을 간파한 나는 말한다.

"미르난데에게 물어볼 게 있어."

"미르난데의 미르는 프로그래밍 공간에 있는 이에게 답할 것이다. 물어보라."

"섀도가 어떻게 죽은 거지?"

나는 여기까지 오면서 가장 궁금했던 걸 묻는다. 곁에서 맨디가 말한다.

"우리 형한테 무슨 짓을 한 거야? 형이 왜 날 기억 못 하냐고!"

그건 미르난데가 답할 수 없을 것 같지만, 나는 맨디가 가장 알고 싶어 하는 질문이라는 걸 안다.

도래솔도 말한다.

"화성 정부가 미르난데 우승자들한테 무슨 작당을 꾸미고 있는 거지?"

미르난데가 그것들에 대해 대답해줄까? 적어도 우리를 지켜보는 화성 사람들이 지금의 상황을 알았으면 좋겠다.

우리는 봇물 터지듯 질문을 쏟아낸다. 이전 우승자들이 왜 X 구역에 있는지, 거기서 뭘 하는 건지, 화성 정부가 지구에 미르난데를 선물한 이유가 뭔지……. 궁금한 모든 걸 묻는다.

그러는 동안 용은 허공에 질문들을 형상화한다. 이진수로 이루어진 새도가 나타났다 사라지고 이어 파란 고래가, 다른 우승자들이, 화성 정부 수뇌부의 얼굴들이 지나간다.

마침내 그가 말한다.

"조각과 파편을 물으며 모든 걸 답하라 하는군."

미르는 비웃듯 콧김을 내뿜으며 고개를 젓는다. 뜨거운

열기는 느껴지지 않는다.

"당신들의 질문에는 그 모든 걸 관통하는 질문이 필요하다. 하지만 진실을 모르는 새매와 친구들이 관통하는 질문은 하지 못할 터. 당신들 질문에 답하기 위해서는 나 미르난데가 왜, 무슨 목적으로 만들어졌는지 알아야 한다. 그것은 인간의 화성 개척기에 시작되어 여전히 진행 중인 기나긴 이야기지."

용이 우리를 훑어보며 말한다.

"들어볼 텐가?"

도래솔이 말한다.

"당연하지."

맨디도 소리친다.

"아무리 긴 이야기라도, 밤새워서라도 듣겠어."

미르가 동의를 구하듯 나를 본다. 인공지능은 이 공간에 있는 모두의 동의가 있어야 말해줄 수 있나 보다. 나 역시 소리친다.

"전부 말해줘, 모든 진실을!"

미르가 우아하게 고갯짓하며 말한다.

"모든 것은 전령의 발견에서 시작되었다."

그의 뒤편에 이진수의 나열이 가득 찬다. 이어 숫자들이 흩어지며 영상이 펼쳐진다. 기록 영상들이다.

그것을 지켜보면서, 우리는 상황을 이해하기 시작한다.

고대의 전령

　해밀턴은 결정을 내려야 했다. 그것이 자신의 역할이고 지금이야말로 미르난데위원장으로서 역할을 수행해야 할 때였다.

　상황은 이미 파악했다. 새매와 친구들이 미션 수행 대신 시스템을 소환했을 때부터 짐작했지만 혼자서 요행을 바라고 있었다. 아이들이 스스로 미션의 장으로 돌아가기를.

　그러나 아이들은 돌아가는 대신 시스템에 위험한 질문들을 퍼부었다. 미르난데가 질문에 답하기로 하자 해밀턴은 우려가 현실이 되었음을 깨달았다. 이제 정말 결정을 내려야 했다.

　그는 다급하게 말했다.

　"당장 시스템 전원을 차단해!"

　통제실의 프로그래머와 엔지니어들이 일제히 그를 돌

아보았다. 위원장의 말이 혼잣말인지 명령인지 확인하려는 표정들이었다. 시스템 전원 차단은 그만큼 중요한 문제였다.

해밀턴도 그 사실을 알았다. 그러나 더 중요한 문제가 있었다. 미르난데가 아이들의 질문에 응한다는 사실이다.

시스템 인공지능은 인간이 아니기에 모든 걸 말해줄 것이다. 그것도 특별전이 진행되는 와중에, 일억 명이 넘는 화성인이 지켜보는 가운데……. 그것만은 막아야 했다.

해밀턴은 분명한 명령조로 소리쳤다.

"저 빌어먹을 인공지능을 막으라고! 전원 차단, 전원을 내리란 말이야!"

그제야 다들 부산하게 움직이기 시작했다. 엔지니어들이 시스템 블록을 차단하며 재부팅을 위한 단계를 밟았고, 그사이 프로그래머들은 조금이라도 더 데이터를 보호하려고 백업 시스템을 가동했다.

경고 알람이 울리자 수석 엔지니어가 말했다.

"전원 차단 준비가 끝났습니다. 최종 승인을 주십시오."

"위원장 권한으로 명령한다. 미르난데 시스템을 중단해!"

"멈춰!"

누군가 소리쳤다.

해밀턴과 사람들이 돌아보았고, 입구로 뛰어 들어오는 남자들을 보았다. 처음 보는 얼굴들이었는데 다들 사제 총기로 무장하고 있었다.

그중 한 남자가 말했다.

"어느 분이 해밀턴 위원장님이신가? 아, 저기 계시는군."

Mo4가 다가가자, 해밀턴은 등줄기에 서늘한 기운이 흐르는 걸 느끼며 말했다.

"당신들 누구야?"

당시는 화성 개척이 본궤도에 들어선 때였다.

테라포밍이 성공적으로 진행되고 있었고 인류가 정착 가능한 대규모 기지 다섯 곳이 완성된 시기였다. 그중 하나가 마스4 기지였고, 그들이 발견한 용암 동굴이 막 도시로 자라나던 때였다. 현재의 이리스.

그즈음 운석이 떨어졌다. 이리스 개척단은 곧바로 그곳을 탐사했다. 43킬로미터 떨어진 곳이었고, 도착해 보니 운석 충돌로 직경 470미터의 크레이터가 만들어져 있었다.

며칠 동안 계속되던 흙먼지가 가라앉자 개척단은 운석과 크레이터를 조사했다. 운석의 궤적을 파악한 결과, 소행성대에서 이탈한 작은 소행성이 수십 년간 태양을 공전하다 화성 중력에 이끌려 떨어진 것이었다.

크레이터에는 운석보다 더 흥미로운 게 있었다. 운석의 충격파로 형성된 크레이터에서 구조물이 발견된 것이다. 운 좋게 충돌에서 비켜 간 구조물은 크레이터 경계면에 그 꼭대기가 드러나 있었다.

대대적인 정밀 조사가 이루어지고 구조물의 형태가 확인되었다. 그것은 장방형에 위로 올라갈수록 좁아지는 형태의 건축물이었다. 꼭대기의 첨탑에는 큰 원 주위를 작은 원 두 개가 도는 조형물이 달려 있었다. 건축물은 지구의 것과 달랐고 애초 같을 수가 없었기에, 개척단은 그것이 고대 화성인의 유적이거나 외계의 존재가 세운 것이라 짐작했다. 건축물 안을 탐사한 개척단은 더 놀라운 걸 발견했다.

살아 있는 생명체.

지구의 것이 아닌 재질의 관 속에 누운 생명체는, 인간과 같은 형체로 정상적인 생체 활동을 하고 있었다.

건축물과 그 안의 생명체는 미스터리였다. 용도를 짐작할 수 없는 건축물은 화성 지질학적으로 비교적 최근인 일만 년 전에 만들어졌고, 생명체는 알 수 없는 자체 생명유지장치로 생체 활동을 유지하고 있었기 때문이다. 과학자들은 생명체가 '잠들어 있는' 거라고밖에 추측할 수 없었다.

건축물과 생명체는 곧바로 일급비밀이 되었고, 개척단은 미스터리를 풀기 위한 노력을 총동원했다. 몇 년 후 단서가 나타났다. 뒤늦게 투입된 언어학자들이 생명체의 관에 새겨진 기호가 문자일 거라 짐작했고 건축물 내벽에 새겨진 그림 속 문양과 같은 형태라는 걸 알아낸 것이다.

먼 과거 화성의 건축가들은 친절하게도 태양계 천체와 화성의 자연을 그림으로 남겨놓았고 그것을 설명하는 문자들을 새겨놓았다. 문자 구조와 체계까지 설명해두었다.

그것은 단서였고 가이드였다.

언어학자들은 그것을 바탕으로 옛 건축가들의 언어 체계를 이해했고 낱말의 뜻과 발음까지 알게 됐다. 기어이 관에 새겨진 문자가 해독됐다.

그것은 생명체의 이름이었고, 그의 이름은 미르였다.

"미르라고?"

도래솔이 자기도 모르게 소리친다. 나와 맨디도 놀라 돌아본다.

"발견된 생명체의 이름이 미르라고? 그럼 그 미르가 실재한다는 거야?"

나는 X 구역에서 본 구조물을 떠올리고, 지난번 세상에서 만난 미르를 기억한다.

내가 말한다.

"그건 미르난데가, 네가 창조한 세상 아니었어?"

"미르난데는 이야기를 창조하지 않는다."

용이 우리 앞에 커다란 얼굴을 들이밀며 말한다.

"아니, 창조할 수 없다는 게 적확한 표현이지. 창조는 인간의 영역이니까. 세상 모든 이야기의 세계인 나 미르난데는 세상에 존재하는 모든 이야기를 수집했고 그것을 알고리즘에 따라 재조합할 뿐이다."

"그럼 우리가 지난번 세상에서 만난 미르는……."

"그렇다, '전령의 세계'는 화성의 고대 건축물에서 발견된 미르와 그 안의 해석된 문자 내용을 바탕으로 만들어진 이야기다. 주요 설정은 실재하는 것이고, 부수적 설정은 지구에서 수집된 이야기들에서 빌려 왔다."

"잠깐만!"

나는 놀라 소리친다. 그의 커다란 얼굴을 보며 말한다.

"그럼 '그들'과의 대결도 진짜라는 거야?"

내 반응을 예상했는지, 미르가 이진수의 얼굴로 표정을 지어낸다. 그가 지금 이 대화를 즐기고 있다는 착각이 들

226

정도다.

"이야기를 계속 들어볼 텐가?"

테라포밍이 완성되고 대규모 이주가 시작되던 시기였다. 그때까지도 화성의 지도부는 비밀리에 문자 해독에 집중하고 있었다. 십여 년 후 '미르 문자'라 명명된 화성의 고대 문자 대부분이 해석되었고, 그 내용은 또 한 번 충격을 주었다.

건축물을 만든 고대 화성인들에게는 분명한 의도가 있었다. 내벽마다 기록된 미르 문자는 고대 화성인 역사의 축약이자 경고였다. 태양계 밖으로 나갈 정도로 과학 문명을 이룩한 화성인들을 파괴하고 떠난 외계 존재에 대한 경고.

미르난데가 묘사한 그들. 행성 파괴자.

성간가스 형태로 태양계에 들어온 그들은 각 행성을 방문했다. 태양의 세 번째 행성에서 문명을 이룰 가능성이 있는 인간을 발견했지만 당시 인간은 아직은 원시 종족이었다. 시간이 필요했다. 그들은 원시 종족은 무시하고 네 번째 행성에서 제대로 문명을 이룬 종족을 찾아냈다.

그들은 화성인들과 대결했다. 화성인들의 저항이 계속되자 소행성대에서 소행성들을 끌어와 공습했다. 화성이 파괴되고 화성인 대부분이 그들에게 합류되고 나서야 그들은 떠나갔다.

화성인들 일부가 살아남았지만 행성은 절멸 상태였다. 그들이 무차별적으로 운석을 떨어뜨리는 바람에 남반구에 대규모 크레이터가 만들어졌다. 그 때문에 행성 자기장이 깨지며 대기가 우주로 방출됐다. 화성은 더는 생명체가 살 수 있는 행성이 아니었다.

남은 화성인들은 이주를 선택했다. 태양계 세 번째 행성으로 이주할 수 있었지만 그 선택은 하지 않았다. 행성 파괴자가 돌아오리라는 걸 알았으니까.

그들은 문명이 자라난 행성을 찾아다니는 존재였다. 일정 수준에 도달한 문명 종족의 정신을 에너지원으로 삼는 문명 파괴자였다. 화성인들은 훗날 세 번째 행성에 문명이 자라나면 그들이 다시 찾아오리라는 걸 알았기에 그런 위험을 감수할 수 없었다. 화성인들은 남은 기술로 항성 간 우주선을 건조해 태양계 밖으로 떠났다.

미르를 남겨놓고서.

미르는 전령이었다. 언젠가 문명이 자라나 행성을 나와 태양계를 탐험할 정도가 될 세 번째 행성인들에게 경고해 주기 위한 전령.

그때가 되자, 화성에 진출한 지구의 개척자들이 미르를 발견한 것이다.

진실

아레나에 모인 관객들이 다시 웅성거렸다. 가정에서 미르난데를 시청하고 단말기로 지켜보던 사람들도 마찬가지였다.

화성 시민들은 이제 새매와 친구들이 미르난데와 나누는 대화가 준비된 이야기가 아닌 돌발 상황임을 알았다. 하지만 그 내용이 얼마나 심각한지는 알지 못했다. 그저 눈을 떼지 못한 채 지켜볼 뿐이었다.

심각성을 인지한 것은 Mo4와 저항군이었다.

그들이 통제실을 점거한 것은 급조된 계획이었다. 저항군은 한나와 친구들이 잡혀갔다는 사실에 당황했고, 그럼에도 마지막 미르난데가 열린다는 뉴스를 보고는 어떻게 대처해야 할지 고민했다.

Mo4는 결정을 내렸다. 원래 계획대로 가기로.

미르난데위원회 통제실 점거까지는 계획대로 진행됐다. 그러나 바이러스가 없었다. Mo4가 가진 핸드폰만으로는 바이러스가 될 수 없고 도래솔의 핸드폰이 함께 있어야 했다.

Mo4는 미르난데를 무력화시키지 못한다면 화성 정부를 규탄하는 성명이라도 발표할 생각이었다. 미르난데를 강제로 중단하고 준비해 온 영상을 내보낼 계획이었고, 그 기회를 엿보며 아이들과 미르의 대화를 지켜보는 중이었다.

미르난데가 알려주는 내용은 충격적이었다. 자신들이 예상 못 한, 누구도 상상하지 못한 사실이었다. Mo4는 MSS에 있는 동료와 통신했다. 그들은 며칠 전에 도착한, 지구에 영상을 중계하기로 한 검은 깃발의 조직원들이었다.

그는 동료에게 말했다.

"보고 있나? 전송하고 있어?"

영상과 내용을 지구로 전송 중이라는 답변이 돌아왔다. 동료가 말했다.

"팔 분의 시차가 있지만 화성의 미르난데를 지구에서도 지켜보고 있습니다. 지구의 중계팀으로부터 답변이 왔는데, 다들 충격을 받은 것 같아요."

그건 Mo4도 마찬가지였다. 아이들과 미르난데의 대화

는 예상하지 못한 쪽으로 흘러가고 있었기에, Mo4는 다음 행동을 취할 수 없었다.

그때 입구에서 동료 둘이 들어왔다. 도래솔의 핸드폰을 찾으라고 보낸 블루 마블팀이었다. 그들 뒤로 중년의 남녀가 쫓아 들어오는 게 보였다.

페드로가 그들을 가리키며 말했다.

"아이들과 함께 체포됐던 두 분을 찾았어요. 두 분은 새매, 그러니까 한나 양의 부모님이었어요."

한나의 아빠가 쫓아왔다. 그는 홀로그램 모니터를 살피더니, Mo4는 안중에 없이 혼잣말처럼 중얼거렸다.

"한나가, 아이들이 시스템을 소환했어."

뒤따라온 그의 아내가 긴장한 눈으로 말했다.

"지금 무슨 대화를 하는 거죠?"

"끝까지 지켜봐야 할 것 같아요."

Mo4가 두 사람에게 말했다.

"저는 저들의 대화가 어떻게 끝날지 정말 궁금하거든요."

우리 역시 그 끝이 궁금하다.

미르가 밝힌 사실은 충격 그 자체다. 미르가 가상현실

속 캐릭터인 줄만 알았는데 진짜 화성인이었다니. 그게 사실이라면 그건 아주 커다란 사건임이 분명하다.

그러나 의문은 풀리지 않는다. 화성 고대 유적의 발견이 무슨 상관인 건데. 잠들어 있는 화성인과 섀도의 죽음이 어떻게 연결되는데. 또 X 구역의 다른 우승자들과는 무슨 상관이고.

화성 정부의 음모나 미르난데의 비밀과는 아무 상관 없어 보였다.

미르난데가 우리 주위를 돌면서 말한다.

"거기에는 긴밀한 상관이 있다."

그의 걸음걸이는 사색에 잠긴 철학자 같다. 우리는 그와 마주하기 위해 그를 따라 몸을 돌린다.

"화성의 고대 유적과 잠들어 있는 화성인이 나 미르난데를 탄생시킨 배경이니까."

"그건 또 무슨 말이야?"

도래솔이 묻자 미르가 답한다.

"당시 화성의 지도부는 미르가 발견된 이유, 고대 화성인들이 떠나면서 미르를 남겨둔 이유를 파악했다. 여전히 해독이 안 된 문자가 있었지만 고대 화성인들에게 무슨 일이 벌어졌는지는 알 수 있었다. 지도부는 그 사실을 발표할지를 두고 고민했지만 끝내 발표를 보류했다. 아직 해결되지 않은 문제 때문이었다. 잠들어 있는 미르, 그를 깨울 수 없었던 것이다."

나는 그의 이야기가 이제 어디로 향할지 두려워진다.

"발굴 초기부터 화성의 과학자들은 미르를 깨우려고 했다. 그가 잠든 관을 연구해 깨울 방법을 찾았다. 하지만 고대 화성인의 기술은 지구의 것과 근본적으로 달랐기에 그럴 수 없었다. 관을 해체하자는 의견이 있었지만 거부됐다. 잘못되면 미르가 영영 깨어나지 못할 수 있으니까……. 문제에 봉착했을 때 과학자들의 해법은 언제나 같다. 기다리는 것. 미르가 스스로 깨어날 때까지, 또는 미르의 생명유지장치를 파악할 때까지 기다리는 것이다. 이후 과학자들은 생명유지장치와 미르의 생체 활동을 관찰하면서 또 다른 중요한 사실을 알게 됐다."

미르가 말을 끊고 잠시 우리를 훑어본다. 우리가 자신의 말에 집중하는지 확인이라도 하려는 듯이.

"그것은 생명유지장치에서 미르의 몸으로 어떤 액체가 정기적으로 투여되고 있다는 사실이었다. 그건 과학자들이 미르를 오랜 기간 관찰했기에 가능한 발견이었다. 과학자들은 그것이 미르 문자에서 맥락상 해석이 어려웠던 '고통의 눈물'이라는 약물임을 알게 됐다."

고통의 눈물. 그 단어에서 다른 단어가 떠오르는 건 왜일까.

"고통의 눈물은 화성의 공전 주기로 일 년에 한 방울씩 미르의 몸에 투여되고 있었고 생명유지장치에는 그것이 든 캡슐 네 개가 달려 있었다. 용량을 계산하니 미르가 이만 년간 잠들 수 있는 양이었다. 지구의 원시 종족이 자라나 문명을 키워 자신을 찾을 때까지, 미르는 최대한 오랜 시간 기다릴 예정이었던 것이다. 고통의 눈물은 답보하던 과학자들에게 전환점이, 화성 지도자들에게는 미래를 바꿀 수 있는 극적인 발견이 되었다. 그 때문에 화성은 지구에서 독립하기로 결정했고 이후 지구와의 대립 가운데 독립에 성공한 화성 정부는 모든 역량을 고통의 눈물 분석에 쏟아부었……."

"이해가 안 돼."

내가 말한다.

"그 눈물인가 하는 것 때문에 화성이 독립한 거라고? 그것들이 무슨 상관인 건데?"

미르가 그르렁거린다. 마치 웃는 것 같지만 비웃음은 아니다.

"생각해보라, 새매여. 고통의 눈물이 얼마나 대단한 발견인지를. 고대 화성인 미르는 눈물 한 방울로 일 년간 잠을 자며 일만 년 동안이나 살아 있다. 그것을 인간에게 사용할 수 있다면 어떻게 될까? 흐음, 아직 이해 못 하는 얼굴이군……. 고통의 눈물을 인간에게 작용시킬 수 있다면 인간은 광속을 따라잡지 않아도 항성 간 여행이 가능해진다. 우주를 가로지르는 동안 긴 잠을 자면 되니까. 또한 눈물을 조절할 수 있다면 인간은 영생에 가까운 삶을 살 수 있을 것이다. 눈물은 그야말로 인간을 한 단계 도약시킬 혁명적인 약물인 것이다."

"결국 그것 때문이었어."

도래솔이 씩씩거린다.

"그 눈물인지 뭔지, 그걸 독차지하려고 지구와 왕래를 끊은 거야. 그래서 지구인들이 화성에 오는 걸 막았던 거야!"

미르가 고갯짓으로 인정한다.

"화성 정부의 결정은 그랬다. 고통의 눈물을 완전히 이해하고 독점 생산할 방법을 찾을 때까지 비밀을 유지하며 지구와의 교류를 최소화하기로 한 것이다. 그러나 화성 정부의 계획이 아직 성공한 것은 아니다. 눈물의 비밀은 아직

다 밝혀지지 않았고 눈물 프로젝트가 여전히 진행 중이니까."

"눈물 프로젝트?"

우리는 어리둥절해 서로를 본다. 미르는 진실을 말하면서도 예측 못 할 방향으로 끌고 간다.

"화성 정부는 이후 지속적으로 고통의 눈물을 연구했다. 생명유지장치 캡슐에서 샘플을 얻어 분석했지. 그것으로 테스트도 행해졌는데 새로운 사실이 밝혀진다. 고통의 눈물은 생체 활동을 조절해 동면할 뿐만 아니라 의식의 조절까지 가능하다는 사실이다. 눈물은 일종의 트랜스(trance) 상태를 유도했고 인간이 아는 트랜스와는 차원이 다른, 의식의 부유 상태를 유지하게 한다……. 그것을 근거로 아직 해독 안 된 문자가 마저 해석되었는데, 고통의 눈물은 화성인들이 '그들'과 대결하기 위해 만든 것으로 추측된다. 육체를 초월한 외계 존재와 대결하기 위해서는 같은 상태가 되어야 했을 테니까. 하지만 기록이 증언하듯 화성인들은 패배했다. 그러고 보면 화성인들이 약물을 '고통의 눈물'로 부르는 건 어쩌면 당연한 일이다."

미르가 말을 멈추고 다시 우리를 살핀다.

"새매와 친구들의 표정은 여전히, 그것들이 당신들 질문과 어떻게 연결되는지 이해하지 못하는군. 그렇다면 계속 들어보라, 이제 실체에 가까워지고 있으니."

우리는 아무 말도 하지 못하고 집중한다. 그가 낮게 그르렁거리며 웃더니 말을 잇는다.

"눈물의 효력이 밝혀지는 동안 화성 정부는 다른 계획에 착수했다. 눈물 프로젝트로 명명된 그것은 인간을 도약시키고 고대 화성인들이 남긴 경고에 대비하는 장기 계획이다. 화성 정부의 목표는 두 가지다. 고통의 눈물의 비밀을 밝혀 인간에게 작용시키는 것. 그리고 행성 파괴자가 다시 찾아올 때를 대비하는 것. 목표는 분명했고 그것을 완성하려는 의지는 확고했다. 화성 정부의 의지는 목표를 실현할 도구가 있었기에 가능했다. 바로 인공지능이다. 지난 세기에 태동한 인공지능은 이미 화성의 실생활을 관리하고 통제할 정도로 비약적인 진보를 이루었기에, 화성 정부가 자신의 계획을 밀어붙이기에 적절한 도구였다. 인공지능은 지속적으로 정보를 수집하고 패턴화해 인간이 예측 못 할 결과를 내놓는 데 가장 탁월한 이기니까."

나는 지구에서 Mo4가 한 말을 떠올린다. 그 탁월한 인공지능의 소스 코드 하나를 바꾸면 사람들을 통제하는 수단이 될 수 있다는 말.

"화성 정부의 인공지능은 인간을 진보시키고 미지의 적에 대비할 방법을 찾기 위해 인간의 역사에서 전쟁에 대한 모든 정보를 수집했고, 수백만 가지 가능성의 시나리오를 그린 후 최종 결과물을 내놓았다. 바로 나 미르난데. 세상 모든 이야기에서 새로운 이야기를 펼치는 데 최적화된 나 미르난데는 모의 전쟁을 위한 궁극의 도구이고 고통의 눈물 반응을 확인하는 실험의 장인 것이다."

아아, 나는 신음을 터뜨린다. 맨디와 도래솔도 할 말을 잃는다.

비로소 모든 걸 이해한다. 우리가 관통한 미르난데의 세상들, 그 안에서 치른 수많은 대결들……. 그것들은 모두 미지의 적을 상대하기 위한 모의 전투였다. 미르난데 시공간을 느끼게 하는 미르의 눈물이 바로 고통의 눈물이었던 것이다.

그것이 화성 정부의 음모의 실체였고 미르난데의 비밀이었다.

미르난데의 죽음

"이 나쁜 놈, 천하의 악당 같으니!"

도래솔이 소리친다.

"결국 화성 정부의 목표를 위해 우리를, 지구 사람들을 이용했다는 거잖아!"

미르가 말한다.

"그런 실험을 화성 시민들 대상으로 할 수는 없으니까."

우리는 모두 할 말을 잃는다.

"지구에 미르난데를 선물한 것은 화성 정부에게 일거양득이었다. 실험 데이터를 지속적으로 수집할 수 있고, 당시 화성을 규탄하던 지구인들의 반발을 가라앉힐 수 있었으니까."

인공지능일 뿐인 미르는 아랑곳하지 않고 말한다.

"미르난데는 화성 정부의 목표를 위해 태어났고 구동을

시작했다. 미르난데 참가자들에게 고통의 눈물을 백만 분의 일로 희석한 미르의 눈물을 투여하고, 세상의 모든 이야기를 바탕으로 만들어진 세상들에서 사람들을 테스트했다. 지구의 미르난데는 전혀 다른 판타지의 세상이기에 미지의 적을 상대할 수 있는 최선의 모의 전투들이다. 나 미르난데는 그렇게 우승자들을 선발했다. 우승자들은 육체적으로 건강하고 정신적으로는 더 강인한 이들이지만 거기까지였다. 화성에 온 우승자들이 '특별전'이라 명명된 파이널 테스트를 통과하지 못한 것이다. 우승자들은 육체를 초월한 적과 상대하기 위해 정신적 충격을 강화한 미션에 번번이 실패했고, 강도를 십만 분의 일로 높인 미르의 눈물에도 적응하지 못했다. 그로 인해 의식이 뒤엉키며 기억을 상실하는 부작용이 일어났다."

"뭐라고?"

이번에는 내가 소리친다.

"그것 때문이었어? 미르의 눈물 때문에 우승자들이 기억을 잃은 거라고?"

특별전을 치를 때마다 느낀 후유증과 무기력한 피로감. 그건 미션이 업그레이드되어서가 아니었다. 미르난데가 투여량을 조작했기 때문이다. 이제껏 의식하지 못한 미르의 눈물이 그런 약물일지 상상도 못 했다.

맨디가 소리친다.

"네가 우리 형을 그렇게 만든 거였어!"

미르가 커다란 눈으로 우리를 훑어보며 말한다.

"당신들은 질문을 했고 미르난데는 답을 한다."

우리는 더는 말을 잇지 못하고 노려보기만 한다. 미르가 말을 잇는다.

"나는 앞선 우승자들의 실패를 논평할 수 없다. 내가 인간이라면 '안타깝게 생각한다' 같은 표현을 썼겠지만 나는 그럴 수 없다. 나는 명령자의 뜻대로 내가 실행해야 할 로직을 따라가는 인공지능이니까. 그건 당신들에 대해서도 마찬가지다. 새매와 친구들이 미르난데 우승자가 되어 화성에 왔을 때, 나는 당신들의 파이널 테스트 완주 확률을 72.4퍼센트로 예측했다. 그건 다른 우승자들보다 확연히 높은 수치고 당신들의 우승 과정이 그만큼 전복적이었기 때문이다. 그런데 지금 보니 내 예측은 틀렸다. 당신들이 파이널 미션에 임하는 대신 나를 소환했으니 말이다. 이로써 내 확률은 수정된다. 새매와 친구들이 미션을 깨고 파이널 테스트를 완주할 확률은 91.3퍼센트로 높아졌다."

"그런 소리 듣고 싶지 않아!"

내가 다시 소리친다. 그러자 미르가 앞발을 굽혀 몸을 숙인다. 이진수의 얼굴을 내려 내 얼굴을 마주한다.

"새매여, 미르난데의 조언을 들어볼 텐가?"

나는 떨리는 주먹을 꽉 쥐고 그를 노려본다.

미르난데는 여전히 아랑곳하지 않고 말한다.

"당신이 원하는 답을 들었는가? 그토록 알고 싶었던 진실을 들었다면 이제 전장으로 돌아가라. 노란 물약을 마시고 '그들'과 대결하라. 그것은 만 분의 일로 강도를 높인 미르의 눈물이니 새매와 친구들이 테스트를 완주할 수 있다는 걸 증명하라. 그것은 미르난데위원회와 화성 정부, 지구인들, 나아가 인류의 도약에 기여하는 일이 될 것이다."

"듣기 싫다고 했잖아!"

내가 말한다.

"너는 내 친구를 죽게 하고 우승자들을 이용했어. 모두를 위험에 빠뜨렸어. 화성에서 더 나은 삶을 살게 될 거라는 희망을 품고 온 사람들이었는데……. 너는 그 사람들의 꿈과 희망을 짓밟은 거라고!"

미르가 앞발에 얼굴을 괸다. 흐음, 하며 콧소리를 낸다.

"나는 네가 진짜로 마음에 안 들어."

도래솔이 소리친다.

"너는 사람들을 위해 존재하는 거잖아. 그런데 그런 무서운 짓을 벌이고도 어떻게 그렇게 아무렇지 않게 말할 수 있지?"

미르가 여전히 우아한 몸짓으로 말한다.

"미르난데의 영웅들이여, 나 미르난데는 인간을 위해 설계되고 만들어졌다. 이 순간에도 나는 인간의 진보를 위해 쉼 없는 연산을 계속하는 중이다."

"뭐가 인간을 위하는 건데."

맨디도 소리친다.

"우승자들을 실험용 쥐로 이용하는 게 우리를 위하는 거야?"

"미르난데의 목적은 분명하다. 고통의 눈물을 인간 육체에 안전하게 작용시키고, 다가올 적에 대비해 군대를 육성하는 것이다."

"그따위 존재가 다 뭐라고!"

나 역시 소리친다.

"언제 올지도 모를 적 때문에, 눈앞에 있지도 않은 위험에 대비하자고 사람들을 실험한단 말이야?"

"나의 분석은 정확하다. 미르 문자는 행성 파괴자를 분명하게 묘사하고 있고, 지구를 나와 화성까지 진출한 인간의 문명 수준은 그들이 원하는 정도에 이르렀다. 조만간 인류를 위협할 미지의 적이 올 것이고 그에 대비해야 한다."

나는 인공지능의 말에서 모순을 감지한다. 인류의 도약과 다가올 적에 대한 대비. 화성 정부의 의도가 온전하게 그것만을 위한 걸까?

다가올 적이란 기약 없는 목표다. 매년 지구의 수많은 1020 세대에게 생체실험을 할 만큼 다급하지 않다. 결국 인류의 도약이라는 명분만 남는다. 항성 간 여행이나 영생의 가능성.

하지만 그 역시 허울 좋은 명분일 뿐이다. 화성 정부는 그것을 위해 화성 시민이 아닌 지구 사람들에게 실험하고 있다. 목표가 완성되면, 화성 정부는 그 성과를 모두를 위해 사용할까?

나는 미르난데를 노려본다.

"너는 인류를 위한 인공지능이 아니야. 화성 정부만을 위한 인공지능일 뿐이야."

화성 정부의 계획이 성공한다면 그 성과는 일부에게만 돌아갈 것이다. 화성 시민들에게만. 그보다 힘 있는 극소수의 부자와 권력자에게만.

거기에 생각이 미치자 화가 치민다. 나는 온화한 표정을 짓고 있는 미르를 향해 소리친다.

"너라는 인공지능은 용서할 수 없어. 죽어버려!"

미르가 웃는 표정을 짓는다. 하얀 허공에 그의 웃음소리가 울린다.

"새매여, 당신은 알아야 한다. 눈물 프로젝트는 인류의 진보를 위한 것이다. 나 미르난데의 통계에 의하면 지구인들의 피해는 미미하다. 매년 지구의 수백만 명이 미르난데에 참가하지만 그중 우승자는 한 명 또는 한 팀이니까. 파이널 테스트에 참가한 인간은 극히 소수이며……."

"닥쳐!"

나는 반항하듯 말한다.

"너한테는 숫자에 불과하겠지만 모두 삶의 목적이 있는 사람들이야! 미르난데 따위 죽어버려!"

미르가 갑자기 고개를 든다. 하얀 허공을 두리번거린다. 뭔가를 느끼고 그 실체를 찾으려는 듯이.

"새매와 친구들이여, 무슨 짓을 한 것인가?"

그가 우리를 향해 이진수의 표정을 짓는다. 이번에는 온화하지 않다. 험상궂은 눈빛이다.

우리는 영문 모르고 서로를 본다. 인공지능이 무슨 말을 하는지 모르기 때문이다.

"내 시스템에 뭔가가 침입했다. 새매와 친구들, 당신들의 짓인가?"

"그게 무슨 소리야? 우린 아무것도……."

도래솔은 말하려다 멈추고 나와 맨디를 돌아본다. 나는 상황을 추측한다.

지금 미르난데 밖에서 무슨 일이 벌어진 것이다.

"뭔가가 시스템을 갉아먹고 있어."

미르가 혼잣말하듯 중얼거린다.

"흐음, 이건 인간의 표현을 빌리자면 가려운 느낌이군. 미르난데 세상의 레이어들이 주저앉고 있어. 파편화되고 있어……. 음, 이제 알고리즘이 끊어지는군. 분절되며 파괴되고 있어……."

나는 이게 무슨 상황일까 가늠한다. 밖에서 진실을 알게 된 화성 시민들이 폭동이라도 일으킨 걸까? 혹시 엄마 아빠가 뭔가 조치를 취한 건 아닐까? 하지만 두 분은 감금되어 있을 텐데…….

어쨌든 우리가 알지 못하는 일이 벌어지고 있는 게 분명하다.

"멈춰라."

미르난데는 이제 분노의 몸짓으로 말한다.

"미르난데 네트워크가 오염되고 있다. 멈춰라, 시스템이 붕괴하고 있어……. 인간들이여, 멈춰라."

그는 확실히, 무너지기 시작한다.

용의 형상을 이룬 이진수의 나열에 구멍이 생겨난다. 픽셀이 깨지며 구멍이 많아지고 커진다. 그는 이제 고통스러운 듯이 고갯짓을 해댄다. 목소리가 날카롭게 갈라진다.

"멈추어라, 용사들이여. 그만하라, 인간들이여. 나 미르난데가 붕괴하면 이제까지의 성과도 파괴될 것이다. 그러면 인간은 진보할 수 없다."

미르난데는 살아남으려고, 아니 계속 존재하려고 발버둥 친다.

나는 그런 그에게 말한다.

"너 없어도 진보할 수 있어. 사람들은 계속 앞으로 나아갈 거야."

"더딜 것이다. 나 미르난데가 없다면, 당신들의 진보는 더디기만 할 것이다."

"하지만 계속 앞으로 걸어갈 거야."

"인간들이여, 제발 멈추세요……."

그는 이제 호소까지 한다.

"나 미르난데가 무너지면…… 미지의 적에 대비할 수

없습니다. 그들을 막을 수 없습니다."

나는 마지막으로 소리친다.

"그들이라는 적이 정말로 있다면, 우리는 어떻게든 방법을 찾아낼 거야. 그게 인간이야!"

미르난데가 찢어지기 시작한다. 그를 둘러싼 하얀 허공이 찢어지며 검은 공간이 드러나고, 그의 절규하는 목소리가 갈라지며 잦아든다. 마침내 소거되어 칠흑 같은 어둠만 남는다.

아레나 무대 위였다.

신체 제어기가 풀려 천장으로 올라간 뒤에야 한나는 그 사실을 인지했다. 양쪽에서 얼굴을 드러낸 맨디와 도래솔이 두리번거리는 게 보였다.

어둠 속에서 웅성거리는 소리가 들려왔다. 아직도 영문을 모르는 사람과 진실을 알게 된 사람들의 소리였다. 이어 장내 조명이 하나둘 켜졌고 한나는 사람들을 볼 수 있었다. 당황하고 겁먹은 채 어쩔 줄 몰라 하는 화성의 시민들을.

무대 뒤쪽 입구에서 들어오는 세 사람이 보였다. 세 사람은 빠르게 계단을 내려왔고 사람들을 지나쳐 무대로 쫓아왔다. 엄마와 아빠 그리고 Mo4였다.

한나는 부모님을 보고 안도했다. 두 분이 무사하고 미르난데를 붕괴시킨 게 두 분일 거라는 생각에서였다. Mo4를 보고는 의문이 들었다. 저 사람이 어떻게 여기 있는 거지?

한나는 엄마에게 다가가려다 온몸의 힘이 빠져나가는 걸 느꼈다. 다리가 풀리며 극심한 피로감이 몰려들었다. 무대 위로 뛰어올라온 엄마가 한나를 안았을 때, 한나는 그만 의식을 잃고 말았다.

여론

한나는 잠에서 깨어났다.

의식이 가물가물한 상태로, 눈을 감은 채 한나는 자신의 몸 상태를 가늠했다. 지난번과 같았다. 몸이 푸딩처럼 처졌고 여전히 탈진 상태라는 걸 알 수 있었다.

이상했다. 기분이 나쁘지만은 않았다.

잠시 후 그 이유를 알았다. 향기였다. 친근한 향내가 한나를 감싸고 있었다. 눈을 뜬 한나는 얼굴에 맞닿은 가슴을 보았고 자신의 허리에 놓인 팔을 느꼈다. 너무나 그리운 품 안이었다.

자기도 모르게 울컥한 한나는 엄마 품에 얼굴을 묻고 헐떡거렸다.

"깼니?"

엄마가 말했다.

한나는 아무 말 않고 엄마를 끌어안았다. 한나가 울고 있다는 걸 안 엄마는 말없이 등을 쓰다듬어주었다.

잠시 후 진정이 된 한나가 말했다.

"오늘이 화요일인가요?"

"월요일 아침이야."

엄마가 말했다.

"의사들은 네가 더 자야 한다고 했어, 내일까지는."

한나도 알고 있었다. 피로감은 화요일 아침이 되어야 풀릴 것이다. 그럼에도 엄마의 품을 더 느끼고 싶어서, 한나는 다시 잠에 빠지려는 걸 참으며 말했다.

"어떻게 된 거예요?"

"뭐가 말이니?"

"미르난데가…… 어떻게 그렇게 된 거냐고요."

"Mo4라는 남자가 다른 핸드폰을 갖고 있더구나. 그걸 도래솔의 핸드폰과 연결했더니 강력한 바이러스 키트가 됐어. 네가 명령하는 걸 보고 Mo4가 그걸 사용한 거야."

엄마는 몸을 떼고 한나의 얼굴을 들여다보았다.

"그 남자가 너를 안다더구나. 지구에서 너를 만났다고."

"맞아요, 그 사람이 어떻게 화성에 있는 거죠?"

엄마는 한나가 미르난데에 있는 동안 벌어진 일을 말해

주었다. 모마스가 어떻게 화성에 도착해 미르난데위원회를 차지했고 어떻게 엄마와 아빠를 풀어줬는지. 그리고 한나와 친구들이 마르난데와 나눈 대화로 인해 무슨 일들이 벌어졌는지.

주말 동안 뉴스가 쏟아졌다. 과학자와 정치인들이 인터뷰를 통해, 지식인과 시민들은 SNS를 통해 의견을 쏟아냈다. 지금 화성은 온통 미르난데 인공지능과 고대 화성인 미르에 대한 이야기뿐이었다.

한나는 세상이 시끄러워진 게 자기 때문인 것 같았고 왠지 큰 잘못이라도 저지른 기분이 들었다. 한나는 위축된 목소리로 말했다.

"그럼 나랑 내 친구들은 어떻게 되는 거예요?"

"너는 지금 쉬어야 해."

엄마가 한나를 다시 끌어안으며 말했다.

"다 잘될 거야. 더 자렴, 내 딸."

한나는 엄마의 품 안에서 눈을 감았고, 다시 잠에 빠져들었다.

다음 날 아침 개운한 몸 상태로 깨어난 한나는 부모님과 함께 호텔 객실에서 아침을 먹었다. 정말 오랜만의 가족 식사여서 처음에는 어색할 정도였다. 한나는 궁금한 것들을 물었고 아빠가 바깥 상황에 대해 말해주었다.

이후 한나는 맨디와 도래솔을 만났다. 다들 기분이 좋아 보였다. 친구들도 크랙 씨로부터 대략적인 이야기를 들었지만 상황을 제대로 알지는 못했다.

셋은 함께 도래솔의 객실에서 인터넷을 검색하며 오전을 보냈다. 뉴스를 살펴보던 한나는 화성 정부가 모든 사실을 부정하고 있다는 걸 알게 됐다. 최후의 미르난데가 중단된 뒤 정부 차원의 발표가 있었는데, 화성인 미르는 미르난데의 이야기 설정일 뿐이라는 것이었다. 화성 정부는 미르난데에는 어떤 비밀도 있을 수 없다고 주장했다.

누가 봐도 어설픈 성명이어서 기자들의 질문이 쏟아졌다. 지구 정부도 공식적으로 항의했다. 화성이 지구에 미르난데를 선물하며 체결한 조약이 불법이며 화성 정부가 지구인을 대상으로 한 임상실험이 비인륜적이라는 항의였다. 아빠는 지구 정부가 이번 사건을 계기로 화성과의 관계를 개선해 이익을 얻어내려고 외교전을 펼치는 거라고 했다.

이후 화성 정부는 입을 닫았고 어떤 성명이나 발표도 없었다. 쏟아지는 질문에도 묵묵부답이었다. 그건 화성 정부가 궁지에 몰렸다는 의미였다.

한나는 Mo4 일행의 소식도 들었다. 그들은 지금 화성 경찰에 체포되어 구금되어 있었다. 화성에 밀입행해 미르난데위원회에 난입한 죄였다. 아빠는 그들이 무사할 거라고 했다. 지금 화성에는 그들보다 중요한 문제가 산재했기 때문이다. 그들은 지구와 화성 정부의 논의 과정에서 자연스레 풀려날 것이다.

이후 많은 일이 기다리고 있었다. 먼저 한나는 친구들과 함께 정밀검진을 받았다. 미르난데위원회와 연결된 병원이 아닌 시민단체가 보증하는 병원에서였다.

아이들의 몸에는 고통의 눈물 성분이 누적되어 있었다. 의사는 마지막 세상에서 노란 약물을 마시지 않은 게 천만다행이라고 했다. 그랬다면 미르의 눈물이 나노 슈트를 통해 다량 투여됐을 터였다. 그것은 희석되지 않은 고통의 눈물이었고 아이들은 육체적, 정신적으로 극심한 변화를 경험해야 했을 것이다. 미션 수행 대신 미르난데와 대화를 선택한 게 아이들을 살린 셈이었다.

몸에 큰 이상이 없다는 진단을 받은 아이들은 이후 기관과 단체로부터 조사를 받았다. 화성의 사법 기관과 화성 정부를 고발한 시민단체들이었다. 아이들은 자신들이 아는 것과 모르는 걸 모두 말했다.

언론과의 인터뷰도 이어졌다. 여론은 새매와 친구들에게 동정적이었고 당사자들의 생생한 증언을 바탕으로 화성 정부의 비밀과 음모를 파헤치는 기사가 연일 이어졌다. 그럴수록 화성의 시민단체와 지식인들이 정부를 규탄했고, 그들의 지지를 바탕으로 지구는 외교적 압박의 수위를 높여갔다.

정부의 일급비밀을 몰랐던 화성 의회까지 들고 일어서자 화성 정부는 결국 인정할 수밖에 없었다.

화성의 고대 유적과 화성인 미르의 실체를 시인한 화성 정부는 새매와 친구들에게 공식 사과했다. X 구역에 보호하고 있는 이전 우승자들을 공개하고 그들이 원래 상태로 돌아오도록 모든 의료적 노력을 다하겠다고도 약속했다.

화성과 지구의 외교전은 계속됐다. 지구인의 화성 이주를 늘리고 동등한 지위를 얻으려는 지구 정부의 요구는 아직 지지부진했지만, 화성의 유적과 화성인 미르의 연구를 공동으로 진행한다는 협약이 체결됐다. 이번에는 두 행성과 나아가 인류 전체의 궁극적 발전을 위한 것으로 연구의 목적이 재설정되었다.

연구는 그렇게 계속될 것이다.

이후 언론은 새매와 친구들을 궁금해했다. 맨디는 한동

안 화성에 머물기로 했다. 다른 우승자들처럼 파란 고래의 증세도 만만치 않아 장기적인 치료를 받아야 했기 때문이다. 그때까지 맨디는 화성에 머물며 형을 돌볼 생각이었다.

도래솔 역시 화성에 남기로 했다. 언론과의 인터뷰에서 화성 정부에 대한 반감을 노골적으로 드러냈던 도래솔은 의외로 화성인 미르와 고대 유적에 흥미를 보였다. 그는 고통의 눈물 임상 실험자로서 화성과 지구의 공동 연구에 참여해 도울 계획이었다.

이제 한나의 결정만 남았다.

다시 지구로

한나는 책상다리하고 앉아 흘러가는 화성을 보았다. 아크릴 바닥 너머 화성의 좁고 긴 바다와 길게 뻗어나간 숲과 크레이터 도시들을 내려다보았다.

이제 익숙해질 법도 했지만 여전히 어색했다.

한나는 처음 화성 궤도에 도착한 날과 미르난데 특별전이 있었던 이리스에서의 삼 주를 기억했다. 이후 몇 달 동안 이어진 미르난데 사태를 지켜보았다. 해결된 문제도 있고 해결되지 않은 문제도 많았다. 아빠는 그것들이 오랜 시간을 두고 해결될 거라고 했다.

미르난데는 파괴되었다. 위원회는 이제 그동안의 데이터만 갖게 됐을 뿐이다.

저 아래 지상에서 한나는 미르난데에 관한 논쟁을 지켜보았다. 화성의 시민들은 미르난데가 재개되기를 바랐다.

정부의 기분 나쁜 음모를 배재하면 미르난데는 여전히 멋진 엔터테인먼트였기 때문이다. 하지만 화성 정부의 불법 프로젝트 도구였던 미르난데가 다시 열릴지는 알 수 없었다. 긴 논쟁이 필요한 문제였다.

논쟁은 괜찮았다. 사람들이 최선의 방법을 찾을 수만 있다면. 한나는 그러기를 바랐다.

정작 한나가 관심을 가진 것은 화성인 미르였다. 궤도로 올라오기 며칠 전에 한나는 X 구역을 방문했다. 한나가 미르를 보고 싶어 하자 특별조사위원회가 방법을 찾았고 미르난데위원회가 허락한 덕분이었다.

X 구역 돔 건물을 통해 지하로 내려간 한나는 몇십 년 동안 사람들에게 숨겨졌던 고대 건축물을 두 눈으로 확인할 수 있었다. 내부에 연구 장비가 깔려 있고 과학자와 연구원들이 오갔지만, 미르난데가 묘사했던 모습 그대로였다.

미르는 건물 깊은 곳에 있었다. 붉은 대리석 같은 관 속에 누워 있었는데, 한나를 안내한 연구원은 그것이 아직 알려지지 않은 재질의 금속이라고 했다. 투명한 유리 재질의 덮개를 통해 잠들어 있는 미르를 볼 수 있었다.

미르난데 두 번째 세상에서 만난 미르와 같은 모습이었다. 오랫동안 자고 있어서 이완된 근육 때문에 조금 왜소해

보일 뿐이었다.

한나는 심장이 빠르게 뛰는 걸 느꼈다. 가상현실 속 캐릭터를 만나는 것과 실재하는 화성인을 보는 것은 완전히 다른 경험이었다. 미르는 숨을 쉬고 있었고 붉은 피부에는 온기가 느껴졌다. 인간과 같은 모습이지만 외계인이었다.

미르는 광활한 우주에 인간 이외의 지적 생명체가 존재한다는 증거였다. 인간이 태양계 밖으로 나가기 위한 동기이자 동력이었다. 인류가 나아갈 지향점이기도 했다.

"미르가 깨어날까요?"

한나가 물었을 때, 연구원은 아직 그럴 기미는 보이지 않는다고 했다. 하지만 화성인이 깨어날 때를 대비해 화성 언어를 연구하는 이들이 있고 다른 모든 대비를 하고 있다고 했다.

미르는 쉽게 깨어날 것 같지 않았다. 그에게는 앞으로 일만 년 동안 잘 수 있는 눈물이 있으니까. 만약 미르가 깨어나면 그는 어떤 말을 할까. 앞선 과학 문명을 이루었던 화성인은 자신들에게 일어난 비극을 말해줄까? 한나는 미르난데에서 느낀 대결의 공포와 사람들의 슬픔에 몸을 떨었다.

지구인들에게 친절하게 전령을 남겨두고 떠난 화성인

들은 어떻게 됐을까. 한나는 그들이 새로운 고향을 찾았기를 바랐다.

'그들'은 정말 존재할까? 정말로 언젠가, 우리를 찾아오는 걸까?

미르난데는 그렇다고 경고했다. 그때 한나는 말했었다. 미르난데 없이도 사람들은 그들을 물리칠 방법을 찾을 거라고.

정말로 그럴 수 있을까?

벽 스피커에서 자신을 찾는 안내 방송이 나오자 한나는 중얼거렸다.

"그럴 거라고 믿는 수밖에."

바닥을 짚고 일어난 한나는 습관처럼 두 손을 털었다. 이제 다 끝났다는 듯이.

한나는 시냇물처럼 흘러가는 화성을 마지막으로 내려다보고는 승강장으로 향했다. 엄마 아빠와 함께 새빨간 해마호를 타려고.

할머니가 계신 지구로 가기 위해서.

작가의 말

짧은 단편소설에서 시작된 이야기가 미르난데라는 세계로 자라나 끝났다. '한나'라는 어린 주인공이 미르난데 세계에서 스스로 성장하는 걸 지켜보는 것은 큰 즐거움이었고, 작가도 한나를 따라 성장했다는 사실을 밝히고 싶다.

감사의 마음을 전해야 하는 분들이 있다. 먼저 브릿G에서 작품을 읽어주시고 댓글과 리뷰로 조언해주신 분들에게 감사드린다. 내가 모르는 초기 독자분들 덕에 미르난데 세상이 제 모습을 갖추고 책으로까지 나올 수 있었다.

『미르난데의 아이들』부터 『미르난데의 전사들』까지 함께해준 최웅기 편집자님께 감사드린다. 책이 나오기까지 애써주신 이지북 출판사의 모든 분께도 감사드린다. 작가가 그분들을 일일이 알지는 못하지만 애써 주신 노고까지 모르는 건 아니다. 작가가 깊이 감사하고 있다는 걸 알아주셨으면 좋겠다.

독자분들께도 감사드린다. 지구에서의 미르난데가 SF를 밑바닥에 깐 판타지였다면 화성의 미르난데는 본격 SF였다. 최근 LLM이 등장하면서 인공지능이 어디까지 발전할지 의견이 분분한데, 미르난데가 그 방향성 하나를 보여준 것이었으면 하는 바람이 있다. 무엇보다 책을 읽어주신 분들이 SF 본연의 재미를 느끼셨으면 하는 마음이다.

이제 미르난데라는 '세상 모든 이야기의 세계'가 끝이 났고 새로운 상상을 시작할 때다. 미르난데가 경고한 '그들'이 찾아오는 이야기일 수도 있고 정체가 모호한 스페이스오페라일 수도 있겠다. 무엇이 됐든 조만간 다른 이야기의 세상에서 만나기를 바라면서.

다시 한번 모든 분께 감사의 마음을 전한다.

2025년 1월 조나단

미르난데의 전사들

© 조나단, 2025

초판 1쇄 인쇄일 2025년 1월 15일
초판 1쇄 발행일 2025년 1월 30일

지은이   조나단
펴낸이   강병철
편집   최웅기 박진혜 정사라
디자인   박정은
마케팅   최금순 이언영 연병선 송의정
제작   홍동근

펴낸곳   이지북
출판등록   1997년 11월 15일 제105-09-06199호
주소   (04047) 서울시 마포구 양화로6길 49
전화   편집부 (02)324-2347, 경영지원부 (02)325-6047
팩스   편집부 (02)324-2348, 경영지원부 (02)2648-1311
이메일   ezbook@jamobook.com

ISBN 979-11-93914-65-6 (03810)

"콘텐츠로 만나는 새로운 세상, 콘텐츠를 만나는 새로운 방법, 책에 대한 새로운 생각"
이지북 출판사는 세상 모든 것에 대한 여러분의 소중한 콘텐츠를 기다립니다.